KB008117

PRIDE.
and
PREJUDICE
by
Jane Austen,

with a Preface by
George Saintsbury
and
Illustrations by
Hugh Thomson

1894

Ruskin House.
156. Charing Cross Road.
London
George Allen.

오만과 편견 2

제인 오스틴 지음 | 김유미 옮김

더스토리

| 차례 |

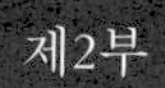
제2부

1

빙리 양의 편지가 도착했다. 편지에는 그간의 모든 궁금증을 모두 풀어 주는 내용이 담겨 있었다. 첫 문장은 그들이 모두 겨울 내내 런던에 머물 작정이라는 소식이었고, 마지막 문장은 오빠가 하트퍼드셔를 떠나기 전에 친구들에게 작별 인사할 시간이 없었던 걸 애석해한다는 내용이었다.

모든 희망이 완전히 사라지고 말았다. 제인은 다른 부분도 자세히 읽어 보았지만, 겉치레에 지나지 않는 애정 표현을 제외하고는 위안이 될 만한 내용을 찾아볼 수 없었다. 편지는 다아시 양에 대한 칭찬 일색이었다. 캐롤라인은 다아시 양의 좋은 점을 있는 대로 나열하면서, 그녀와 더 친해진 걸 자랑스럽게 떠벌리며 이전에 보낸 편지에서 언급했던 자신의 소망이 이루어질 것 같다고 했다. 그리고 오빠가 다아시 씨 집에 머무르고 있어서 정말 다행이고, 다아시 씨가 새 가구를 들여놓을 계획이라는 말까지 신이 나서 늘어놓았다.

엘리자베스는 언니가 들려주는 편지의 대략적인 내용을 묵묵히 듣고 있었지만, 속으로는 화가 치밀어 참을 수가 없었다. 언니에 대한 걱정과 다른 사람들에 대한 분노가 그녀의 감정을 분열시키고 있었다. 그녀는 빙리가 다아시 양에게 호감을 가지고 있다는 캐롤라인의 말을 신뢰하지는 않았다. 오히려 이전과 다름없이 빙리가 언니를 진심으로 좋아한다고 확신했다. 지금까지는 빙리에 대해 항상 호의적으로 생각해 왔지만, 그의 성격이 지나치게 유약하고 우유부단하다는 생각이 들었다. 그런 성격 때문에 주변 사람들의 변덕과 계략에 휘둘려 자신의 행복을 놓치고 있는 빙리에게 분노와 경멸감마저 느끼는 중이었다.

빙리가 놓치고 있는 것이 자신의 행복뿐이라면 그가 어떻게 행동하든 상관할 바가 아니었다. 하지만 그것이 언니의 행복과 결부된 문제라는 걸 알고 있다면 빙리는 더 현명하게 행동해야 할 것이었다. 그러나 엘리자베스가 아무리 머리를 쥐어짜도 뾰족한 해답은 나오지 않았다. 그걸 알면서도 엘리자베스는 그 이외의 일은 아무것도 생각할 수 없었다. 언니를 향한 빙리 씨의 애정이 식어 버린 걸까, 아니면 주위 사람들의 방해 때문에 그가 자신의 마음을 자제하고 있는 걸까, 제인이 자기를 좋아하고 있다는 사실을 알고는 있을까, 아니면 제인이 좋아한다는 걸 전혀 눈치채지 못하고 있는 것일까? 이런 가정 중에 어떤 것이 진실인지에 따라 빙리에 대한 그녀의 판단이 달라질 수밖에 없었다. 그렇다고 해도 언니의 처지가 달라지는 건 아니었다. 어떤 경우라도 언니는 어쩔 수 없이 상처를 받게 될 거고 마음의 평안을 잃게 될 것이었다.

이틀 후 제인은 용기를 내서 자신의 감정을 엘리자베스에게 털어놓았다. 베넷 부인이 네더필드와 그 주인에 대해 평소보다 더 오래 불평을 털어놓고 나서 두 딸을 남겨 두고 자리를 떠났을 때였다. 제인은 어머니의 횡포를 더 이상 견딜 수가 없어서 결국 말문을 열었다.

"어머니가 조금만 자제하셨으면 좋겠어. 그렇게 끊임없이 빙리 씨 얘기를 늘어놓는 게 얼마나 나를 고통스럽게 하는지 모르시는 것 같아. 하지만 불평은 하지 말아야지. 이런 고통이 그리 오래가진 않을 거야. 빙리 씨도 곧 잊게 될 거고, 그럼 우리도 다시 예전으로 돌아갈 수 있겠지."

엘리자베스는 언니의 말을 믿기 어렵다는 표정으로 쳐다보기만 할 뿐 아무 대답도 하지 않았다.

"너, 내 말을 못 믿겠다는 표정이구나!"

제인이 약간 얼굴을 붉히며 언성을 높였다.

"왜 내 말을 못 믿는 거니? 그분은 내가 지금까지 알았던 사람들 중에서 가장 훌륭한 분으로 내 기억 속에 언제나 살아 있을 거야. 하지만 그뿐이야. 난 더 이상 바라는 것도, 두려워할 것도 없어. 그분을 탓할 이유는 더더욱 없어. 그렇게 고통스럽지 않아서 정말 다행이야. 조금만 시간이 흐르면 틀림없이 아무렇지도 않을 거야."

제인은 잠시 말을 멈추었다가 다시 힘을 줘 말했다.

"나 혼자 착각하고 있었다는 게 정말 다행스러워. 나 이외에 다른 사람에게는 상처를 주지 않았으니까 말이야."

"언니, 언니는 어쩜 그렇게 마음이 착할까. 이기심이라곤 전혀 없으니. 정말 천사가 따로 없어. 언니한테 무슨 말을 해야 할지 모르겠어. 솔직히 언니가 얼마나 좋은 사람인지 지금까지는 잘 몰랐던 것 같아. 언니에게 제대로 잘해 주지도 못했어."

제인은 자기가 착한 사람이라는 동생의 말을 완강하게 부정하며 오히려 동생의 따뜻한 마음씨를 칭찬했다.

"아니야. 그건 언니가 잘못 생각한 거야. 언니는 모든 사람을 좋게만 생각하고 싶어 하잖아. 그러니까 내가 다른 사람을 나쁘게 얘기하면 언니는 마음이 아프겠지. 난 언니가 완벽한 사람이라고 생각해. 그런데 언니는 내 말을 왜 부정하려고 하지? 내가 언니를 너무 극단적으로 좋게 본다고 생각하지 마. 내가 언니처럼 모든 사람들을 훌륭하게 보는 건 아니니까. 그런 건 전혀 걱정할 필요 없어. 이 세상에서 내가 정말 사랑하는 사람은 몇 사람뿐이야. 훌륭하다고 인정하는 사람은 더더욱 드물고. 오히려 세상 사람들을 보면 볼수록 실망스러울 뿐이야. 사람들은 언제 어떻게 변할지 알 수 없는 존재야. 겉으로는 선량하고 현명한 척해도 속을 알 수 없는 게 인간들이야. 그런 생각이 점점 굳어 가는 것 같아. 근래에 있었던 두 가지 일만 봐도 그렇지 않아? 한 가지는 지금 얘기하고 싶지 않지만, 다른 한 가지는 언니도 무슨 일인지 알겠지. 그래, 바로 샬럿의 결혼 말이야. 정말 말도 안 되는 일이라고 생각하지 않아? 난 아무리 생각해도 도저히 납득할 수가 없어."

"너무 그런 쪽으로 생각하지 마. 그러면 결국 너만 힘들어지니까. 사람마다 처한 상황이 다르고 타고난 성격도 다르다는 걸 인정해야지. 콜린스 씨의 사회적인 지위나 샬럿의 차분하고 신중한 성격을 생각하면 그럴 수도 있지 않니? 게다가 샬럿네 집안은 대가족이잖아. 재산으로 따지면 두 사람이 적합한 결혼 상대자라고 생각할 수도 있을 것 같아. 샬럿이 우리 사촌에게 애정과 존경심을 느낄 수도 있는 거잖아. 그렇게 생각하는 게 모두를 위해서 좋을 것 같아."

"언니가 원한다면 무슨 말이든 믿고 싶어. 하지만 이런 일은 억지로 좋게 생각한다고 해서 도움이 되는 건 아니라고 생각해. 샬럿이 콜린스 씨를 정말 존경하고 있다고 믿는다면 그건 그 친구의 판단력을 더 형편없게 생각하는 것밖에 안 돼. 난 샬럿의 감정을 이해할 수 없는 것보다 그게 더 실망스러울 것 같아. 언니, 콜린스 씨는 잘난 체하고, 거만한 데다, 편협하고, 게다가 아둔하기까지 한 사람이야. 언니도 나만큼 그 사람을 잘 알잖아. 언니도 분명히 그런 남자와 결혼하는 여자라면 정상적인 사고력을 가졌을 리가 없다고 생각할 거야. 샬럿 루카스의 일이라고 해서 무조건 변호하는 건 옳지 않아. 개인을 옹호하기 위해서 삶의 원칙과 고결함의 의미를 바꿀 수는 없어. 이기심을 신중함으로 미화하고, 자신의 위험에 대한 무감각함을 행복에 대한 확신으로 말하는 건 언니 자신과 나를 속이는 일이야."

"넌 두 사람에 대해 너무 냉정하게 말하는구나. 난 두 사람이 행복하게 사는 모습을 볼 수 있게 되었으면 좋겠어. 그럼 내 말이 맞는다는 걸 확인할 수 있겠지. 이 얘기는 그만하는 게 좋겠다.

아까 다른 일에 대해서도 언급했지? 네가 무슨 말을 하고 싶어 하는지 나도 알아. 그렇지만 그 사람을 비난하거나 그 사람에게 실망했다는 말로 내 마음을 아프게 하지는 말아 줘. 그쪽에서 고의적으로 우리에게 상처를 준 거라고 생각하진 말자. 그건 너무 성급한 판단이야. 혈기왕성한 젊은 남자가 항상 신중하고 사려 깊은 행동만 할 거라고 기대할 수는 없는 거잖아. 자신의 허영심 때문에 스스로 속는 일도 많을 거야. 여자들이 남자들의 관심을 너무 부풀려서 받아들이는 게 문제야."

"남자들이 일부러 그런 과대망상을 부추기는 건 아니고?"

"고의적으로 그렇게 한다면 정당한 행동이라고 할 수 없겠지. 하지만 세상에 그렇게 계획적으로 여자들을 현혹하려 드는 남자는 많지 않을 거야."

"나도 빙리 씨의 행동이 의도적인 거라고 생각하지는 않아. 하지만 남에게 일부러 상처를 주거나 불행하게 만들려는 의도가 없었다고 해도, 그런 결과를 가져오는 건 그 사람의 책임이야. 그건 다른 사람의 감정에 무관심하고 배려하지 않았거나 우유부단한 태도를 취해서 생긴 결과야."

"넌 일이 이렇게 된 게 바로 그런 이유 때문이라고 생각하는 거니?"

"그래, 내가 가장 나중에 말한 이유 때문이라고 생각

해. 얘기를 더 하다 보면 언니가 좋게 생각하는 사람들을 비난하게 될 것 같아. 그러면 언니도 기분이 상할 테니까 그만 얘기하는 게 좋겠어. 언니가 이쯤에서 나를 말려 주는 게 좋을 것 같아."

"넌 아직도 빙리 씨가 누이들 때문에 마음이 변했다고 생각하는 거로구나."

"맞아. 그 사람의 친구인 다아시 씨도 아무래도 그 일에 가담한 것 같아."

"난 도저히 믿어지지가 않아. 그 사람들이 왜 그분의 마음을 바꾸려고 그렇게 애를 쓴다는 거니? 누이들이라면 오빠의 행복을 바라는 게 당연한 일 아니야? 그분이 정말 나를 사랑하고 있다면 다른 여자가 그의 사랑을 얻을 수 없다는 걸 모를 리 없을 텐데."

"언니의 첫 번째 가정이 잘못된 거야. 오빠의 행복 이외에도 그 여자들이 바라는 게 많을 수도 있어. 예를 들면 오빠의 재산과 지위가 더 높아지기를 바랄 수도 있고 돈과 대단한 인맥과 명예를 골고루 갖춘 여자와 결혼하기를 바랄 수도 있지."

"그 아가씨들이 빙리 씨가 다아시 양을 선택하기를

바라는 건 분명한 사실이야. 하지만 네가 생각하는 것처럼 그렇게 불순한 동기에서 그걸 바라는 건 아닐 거야. 나보다 다아시 양을 더 오래 알고 지냈으니까 다아시 양을 더 좋아하는 게 당연한 일이잖아. 그들이 바라는 게 무엇이든 간에 오빠의 뜻을 거스를 거라고 생각되지는 않는구나. 절대 결혼해서는 안 될 만한 이유가 있다면 또 모르지만. 그렇지 않은데 자기 마음대로 그런 짓을 할 누이가 어디 있겠니? 오빠가 나를 좋아한다고 믿는다면 절대 우리 두 사람을 떼어 놓으려고 하지 않을 거야. 그분이 나를 정말 좋아한다면 떼어 놓을 수도 없을 테니까 말이야.

넌 그분이 나를 사랑한다는 걸 전제로 모든 일을 판단하고 있어. 그러니까 다른 사람들이 부당하고 몰상식한 행동을 하는 것처럼 생각되는 거야. 그래서 나까지 힘들게 하는 거고. 네가 그렇게 생각한다는 게 나에겐 더 괴로워. 내가 그분의 마음을 오해했다고 해서 부끄럽게 생각하지는 않아. 그분이나 그분의 누이들을 나쁜 사람으로 생각하는 것보다는 그 편이 훨씬 더 마음이 편해. 난 이번 일을 가장 좋은 쪽으로 생각하고 싶어. 모두가 납득할 수 있는 쪽으로 받아들일 거야."

엘리자베스는 언니의 생각을 더 이상 반박할 수 없었다. 그날 이후로 두 사람 사이에는 빙리의 이름이 거의 거론되지 않았다. 베넷 부인은 여전히 빙리 씨가 돌아오지 않는 이유를 궁금해하면서 불평을 그치지 않았다. 엘리자베스가 하루도 빠짐없이 그 문제를 분명하게 설명했지만, 베넷 부인이 이 일을 황당해하지 않고 받아들일 가능성은 희박해 보였다. 엘리자베스는 제인에 대한 빙리의 관심이 일시적인 호감에 불과한 것이었고, 그녀를 더 이상 만나지 않게 되자 관심이 사라진 거라고 베넷 부인을 설득했다. 그러나 그것은 엘리자베스 자신도 확신하지 못하는 말이었다. 베넷 부인은 듣는 순간에는 그럴 가능성을 수긍하는 것 같다가도 잠시 후에는 다시 같은 불평을 늘어놓기를 하루도 빠짐없이 되풀이했다. 베넷 부인은 여름에는 분명 빙리 씨가 다시 시골에 내려올 거라는 믿음으로 위안을 삼고 있었다.

이 문제를 보는 베넷 씨의 관점은 사뭇 달랐다.

"리지야, 아무래도 네 언니가 실연을 당한 것 같구나. 이건 정말 축하할 만한 일이다. 아가씨들이 결혼 다음으로 좋아하는 일이 실연 아니냐? 생각할 것도 많아지고, 친구들 사이에서도 특별한 존재로 떠오르니까 말이다. 네 차례는 언제쯤 오는 거냐? 제인이 앞지르는 걸 오래 지켜볼 네가 아닌데. 다음엔 네 차례일 것 같구나. 메리턴만 해도 이 마을의 젊은 아가씨들을 모두 실연당하게 할 장교들이 수두룩하지 않니? 위컴 씨를 사귀어 보는 건 어떻겠니? 그만하면 유쾌한 청년이고 너를 차버린다고 해도 그다지 수치스럽지는 않을 것 같은데 말이다."

"말씀은 감사하지만 전 그렇게 멋진 남자가 아니라도 만족해요. 언니처럼 멋진 남자를 만나기를 기대한다는 건 제게는 지나친 욕심이죠."

"그건 그렇구나. 여하튼 그런 일이 네게 생긴다고 해도, 딸에 대한 정이 넘쳐나는 네 어머니가 실연의 효과를 극대화해 주실 테니 얼마나 다행스러운 일이냐?"

위컴과의 교제는 최근에 일어난 불운한 사건들로 인해 롱본 가족들에게 드리웠던 우울한 분위기를 몰아내는 데 큰 역할을 했다. 위컴을 자주 만나면서 롱본 가족들은 그가 그동안 생각했던 장점 이외에도 스스럼없고 솔직한 성격을 지닌 청년이라는 걸 알게 되었다.

엘리자베스는 이미 그에게 들어서 알고 있었지만, 다아시가 위컴에게 부당한 행동을 해서 그에게 고통을 주었던 일이 가족들에게 모두 알려져서 그 일이 공개적으로 도마 위에 올랐다. 그들은 이런 일에 관해 전혀 모를 때에도 다아시가 마음에 들지 않았다고 하면서 이제 그를 싫어할 분명한 이유가 생겼다며 흡족해했다.

하트퍼드셔의 사교계에 알려지지 않은 내막이 있을지도 모른다고 생각한 사람은 베넷 양 한 사람뿐이었다. 온유하고 결코 편견에 치우치지 않는 그녀의 성품은 다른 사람의 사정을 오해하고 속단하는 걸 도저히 용납할 수 없었다. 그러나 그녀를 제외한 모든 사람들은 다아시에게 세상에서 가장 파렴치한 인간이라는 낙인을 찍었다.

2

콜린스는 사랑 고백과 행복한 결혼 설계로 분주한 일주일을 보낸 후 토요일에 사랑스러운 샬럿의 곁을 떠나야 했다. 그러나 이별의 쓰라린 아픔은 신부를 맞이할 준비로 잊을 수 있었다. 그는 하트퍼드셔로 돌아오면 곧바로 자신을 세상에서 가장 행복한 남자로 만들어 줄 결혼 날짜가 잡힐 거라는 희망에 들떠 있었다. 그는 롱본의 친척들에게 지난번처럼 엄숙하게 작별 인사를 했다. 아름다운 사촌들에게는 건강하고 행복하기를 빈다는 인사를 했고, 베넷 씨에게는 곧 감사 편지를 보내겠다고 약속했다.

다음 주 월요일에 베넷 부인은 예년처럼 크리스마스

를 롱본에서 보내기 위해 찾아온 동생 내외를 맞이했다. 가디너 씨는 현명하고 점잖은 신사로, 지적인 면에서나 성품에 있어서나 누나보다 훨씬 훌륭한 사람이었다. 네더필드의 숙녀들이 가디너 씨를 직접 만나 보았다면, 상점을 오가며 장사를 생업으로 삼는 사람이 그처럼 예의 바르고 품격 있을 수 있다는 걸 믿기 어려워했을 것이다. 베넷 부인이나 필립스 부인보다 나이가 몇 살 아래인 가디너 부인은 싹싹하고, 지적이며, 우아한 여성이었다. 롱본의 조카들은 그녀를 무척 따르고 좋아했다. 특히 맨 위 두 조카들은 가디너 부인과 특별한 관심과 애정을 주고받는 사이였다. 두 자매는 자주 런던에 가서 그녀의 집에 머무르곤 했다.

가디너 부인은 도착하자마자 준비해 온 선물을 나눠 주고 나서 요즘 유행하는 패션에 대해 설명했다. 이런 순서가 끝나고 나자 그녀가 할 일은 베넷 부인의 온갖 원망과 넋두리를 들어 주는 것이었다. 베넷 부인은 지난번 올케를 만난 이후 너무 힘든 일을 당했다며 하소연을 늘어놓았다. 두 딸의 결혼이 거의 성사되려는 순간에 깨지고 말았다고 한숨을 쉬며 말했다.

"난 제인은 아무 잘못이 없다고 생각해. 할 수만 있었으면 그 애는 어떻게든 빙리 씨를 자기 남편으로 만들었을 거야. 그런데 글쎄 리지가 어떻게 했는지 알아, 올케? 그 애가 그렇게 쓸데없는 고집만 부리지 않았어도 지금쯤 콜린스 씨의 아내가 되어 있었을 거야. 그 생각만 하면 지금도 울화통이 터져 죽을 지경이라니까.

바로 이 방에서 콜린스 씨가 그 애한테 청혼을 했지 뭐야. 그런데 그 애가 그 청혼을 한마디로 거절한 거야. 그 바람에 루카스 부인이 나보다 먼저 자기 딸을 시집보내게 된 거지. 결국 롱본의 재산도 이전처럼 한정 상속으로 넘어가게 되어 버렸고. 루카스 집안 사람들이 얼마나 교활한지 알아? 손에 넣을 수 있는 건 무슨 수를 써서라도 차지하는 사람들이라니까. 이렇게 말해서 좀 미안하긴 하지만 그게 사실인 걸 어떡해? 집안 식구들은 날 배신하고, 이웃이라는 사람들은 남 생각은 안 하고 자기 잇속만 챙기려 드니 내가 신경 쇠약으로 드러눕지 않고 배기겠어? 때마침 올케가 와 줘서 정말 다행이지 뭐야. 요새 긴 소매가 유행한다며? 세상 돌아가는 소식을 들으니 좀 살 것 같네."

가디너 부인은 제인과 엘리자베스에게서 편지로 대략 소식을 들었기 때문에 시누이의 푸념을 건성으로 받아넘기고 조카들이 곤혹스러워할 것 같아서 화제를 다른 데로 돌렸다.

엘리자베스와 단둘이 남게 되자 가디너 부인은 이 문제에 대해 더 자세한 얘기를 들을 수 있었다.

"빙리 씨가 제인에게는 아주 좋은 남편감이었던 것 같은데 일이 어긋나 버려서 참 안됐구나. 그렇지만 그런 일은 얼마든지 있을 수 있는 일이란다. 네 얘기를 들어 보니 빙리 씨가 어떤 남자인지 대강 감이 잡히는 것 같다. 그런 남자들은 예쁜 여자를 만나면 몇 주일 동안 쉽게 사랑에 빠졌다가 부득이하게 떨어져 있게 되면 언제 그랬냐는 듯이 금방 잊어버리는 부류야. 세상에는 그런 변덕스러운 남자들이 얼마든지 널려 있단다."

"그렇게 생각하면 좀 위안이 될 수도 있겠네요. 하지만 이번 일은 그런 경우하고는 달라요. 그냥 저절로 이렇게 된 게 아니에요. 생각해 보세요. 독립적이고 상당한 재산을 가진 젊은 남자가 며칠 전까지만 해도 열렬하게 사랑하던 여자를 주변 사람들의 설득에 넘어가서 포기한다는 게 흔한 일은 아니잖아요?"

"열렬하게 사랑한다는 표현이 너무 진부하고 막연해서 어떻게 받아들여야 할지 모르겠구나. 그런 표현은 변함없는 견고한 애정을 말할 수도 있지만, 고작 30분 만나는 동안 느낀 감정에 갖다 붙이는 표현일 수도 있으니 말이다. 너는 빙리 씨의 애정이 얼마나 진지했다고 생각하는 거니?"

"제 눈에는 그분이 언니를 사랑하는 게 너무 확실해 보였어요. 다른 여자들한테는 눈길 한번 주지 않을 정도로 언니에게 푹 빠진 것 같았어요. 두 사람이 만날 때마다 그분이 언니를 좋아한다는 게 점점 더 확신이 가더라고요. 그분의 저택에서 무도회를 열었을 때도 빙리 씨에게서 춤 신청을 받지 못해서 자존심이 상한 여자가 한둘이 아니었어요. 저도 두 번이나 말을 걸었지만 아무 대답도 못 들었죠. 그보다 더 확실한 증거가 어디 있겠어요? 다른 여자들에게 무관심해지는 게 사랑에 빠졌다는 징후 아닌가요?"

"그래 맞아! 그런 성향의 남자라면 틀림없이 그런 식으로 애정을 표현했을 거다. 제인이 정말 안됐구나. 그

애의 성격으로 봐서 쉽게 잊어버리지 못할 텐데 말이다. 차라리 네게 그런 일이 있었더라면 넌 금방 훌훌 털어 버릴 수 있었을 거야. 내가 런던에 갈 때 제인한테 같이 가자고 하면 어떨까? 분위기를 바꿔 보면 기분이 나아질지도 모르니까. 집에서 떨어져 있는 것도 도움이 될 거야."

엘리자베스는 정말 좋은 생각이라고 기뻐하며 언니가 당연히 찬성할 거라고 말했다.

"그 남자가 사는 동네라고 제인이 꺼려하지 않을지 모르겠다. 하기는 같은 런던이라고 해도 서로 사는 지역이 다르고, 만나는 사람들도 다르니까 걱정할 건 없지만 말이다. 게다가 너도 알다시피 우린 밖에 거의 나가지 않으니까 그 사람이 제인을 만나러 오지 않으면 마주칠 염려는 없을 거야."

"그럴 일은 없을 거예요. 그 사람은 지금 다아시라는 친구의 감시를 받고 있으니까요. 그 친구가 빙리 씨가 외숙모 집으로 언니를 찾아가게 내버려 두지 않을걸요. 그분이 언니를 찾아올 거란 기대는 하기 힘들 것 같아요. 다아시 씨가 그레이스처치가라는 지명을 들어 보기나 했는지 모르겠네요. 혹시 들어 봤다고 해도 그곳에 발을 들여놓으면 한 달 동안 목욕을 해도 거기서 묻은 더러움을 씻어 낼 수 없을 거라고 생각할 거예요. 게다가 빙리 씨는 다아시 씨와 동행하지 않으면 집 밖에 한 발자국도 내밀지 않을 테니 걱정할 것 없어요."

"그럼 더 잘된 일이로구나. 난 두 사람이 안 만나는 게 낫다고 생각하니까. 그런데 제인이 그 누이들과 편지를 주고받는다고 하지 않았니? 그럼 제인이 방문을 하지 않을 수 없을 거 아니냐?"

"언니는 그 집안 사람들과 완전히 교제를 끊을 거예요."

빙리가 주변 사람들의 방해로 제인을 만나지 못할 것이고 제인도 그들과 연락을 하지 않을 거라고 생각하면서도 엘리자베스는 두 사람이 잘될 가능성을 완전히 포기하지는 않았다. 제인을 향한 빙리의 애정이 다시 되살아날 수도 있고, 제인의 매력이 친구들의 훼방보다 더 강렬하게 그의 마음을 움직일 수도 있다고 생각했다.

베넷 양은 외숙모의 초대를 기쁘게 받아들였다. 빙리의 가족을 만날 거라는 걱정은 하지 않았다. 캐롤라인이 오빠와 한집에 살고 있는 게 아니니까 가끔 그녀와 함께 아침 시간을 보낸다고 해도 빙리와 마주칠 일은 없을 거라고 생각했다.

가디너 부부가 머무르는 일주일 동안, 롱본에서는 하루도 빠짐없이 필립스 집안과 루카스 집안 사람들과 장교들을 초대한 연회가 벌어졌다. 베넷 부인이 동생과 올케를 위해 파티를 여는 데 세심하게 신경을 쓰는 바람에 한 번도 가족끼리 저녁을 먹을 기회가 없을 정도였다. 집에서 연회가 열릴 때마다 항상 장교들이 참석했고 그중에는 매번 위컴이 끼어 있었다.

가디너 부인은 엘리자베스가 그를 열심히 칭찬하는 걸 보고 수상하게 여겨서 두 사람을 유심히 관찰했다. 심각하게 사랑에 빠진 것 같지는 않았지만 서로 호감을 갖고 있는 것만은 분명해 보였다. 가디너 부인은 내심 걱정이 되어서 하트퍼드셔를 떠나기 전에 그 문제에 관해 엘리자베스에게 얘기해야겠다고 마음먹었다. 그 남자에게 그런 감정을 키우는 건 경솔한 일이라고 말할 작정이었다.

위컴은 여러 가지 장점 이외에도 가디너 부인을 즐겁

게 할 만한 조건을 한 가지 더 가지고 있었다. 10여 년 전 결혼하기 전에 가디너 부인은 위컴이 살던 더비셔에서 상당히 오랫동안 살았기 때문에 두 사람이 공통적으로 알고 있는 사람이 많았다. 위컴은 부친이 돌아가신 이후에는 그곳을 거의 찾지 않았지만, 가디너 부인이 예전에 사귀던 친구들의 최근 소식을 전해 줄 수 있었다.

가디너 부인은 펨벌리에 가 본 적이 있었고, 작고하신 다아시 씨의 인품에 대해서도 잘 알고 있었다. 덕분에 두 사람의 대화거리는 무궁무진했다. 부인은 위컴이 설명하는 펨벌리를 자신의 추억 속의 펨벌리와 비교하고, 고인이 된 저택 전 주인의 훌륭한 인품을 칭찬하면서 함께 즐거워했다. 위컴을 통해 그 저택의 현재 주인인 다아시가 그에게 했던 부당한 처사에 대해 자세히 듣고 나자 가디너 부인은 다아시가 어렸을 때 들었던 그의 평판 중에서 그런 못된 짓을 할 만한 점이 있었는지 기억을 더듬었다. 그리고 피츠윌리엄 다아시가 몹시 거만하고 성질이 못된 아이라는 소문을 들었던 것 같다고 말했다.

3

가디너 부인은 엘리자베스와 단둘이 얘기할 기회가 오자 따뜻한 말투로 그녀에게 충고했다. 그녀는 자신의 생각을 솔직하게 얘기했다.

"리지야, 넌 현명한 아이니까 내가 반대한다고 해서 반발심 때문에 사랑에 집착하는 어리석은 행동은 하지 않을 거라고 믿는다. 그래서 안심하고 얘기하는 거야. 진심으로 충고하는데 잘 생각해서 행동하는 게 좋을 것 같아. 그 사람에 대한 애정에 무조건 휘말려 들어가지 않았으면 좋겠구나. 그 남자의 마음을 끌려는 노력도 그만두었으면 한다. 돈 한 푼 없는 가난뱅이를 사랑하는 건 너무 경솔한 행동이야. 그 남자 한 사람만 보면 굳이 반대할 이유는 없을 것 같다. 오히려 아주 매력적인 남자라고 생각해. 원래 그 사람 몫이었다던 재산만 있다면 네게 더할 나위 없이 적합한 상대가 될 것 같아. 하지만 현실이 그렇지 못하지 않니? 그러니 감정에 휩쓸리지 않도록 조심해라. 넌 분별력이 있으니까 현명하게 행동할 거라고 믿어. 네 아버지도 네 판단력과 지성을 믿고 계실 거다. 아버지를 실망시켜 드려서는 안 돼."

"외숙모, 너무 심각하게 생각하시는 거 아니에요?"

"그래, 난 지금 심각하게 말하는 거야. 그러니까 너도 진지하게 받아들였으면 좋겠다."

"그 문제라면 조금도 걱정하실 필요 없어요. 저 자신이든 위컴 씨든 조심할게요. 제가 할 수만 있다면 위컴 씨가 저를 좋아하게 만들지 않으면 되는 거죠?"

"엘리자베스, 넌 지금 전혀 진지한 것 같지 않구나."

"죄송해요. 그럼 좀 더 진지하게 말씀드릴게요. 지금 현재로서는 위컴 씨를 사랑하지 않아요. 그건 확실해요. 하지만 제가 지금껏 만났던 남자들과는 비교할 수 없을 만큼 매력 있는 분이라고 생각하는 건 사실이에요. 만일 그분이 정말 저를 사랑하게 된다면, 물론 그렇게 되지 않는 편이 제게는 잘된 일이겠지만요. 그렇게 된다면 정말 경솔한 일일지도 모르죠. 아버지가 절 믿어 주신다는 게 제게는 더없이 자랑스러운 일이에요. 아버지의 신뢰를 잃는 건 견디기 힘든 일일 거예요. 하지만 아버지는 위컴 씨에게 호감을 갖고 계셔요. 아무튼 저 때문에 가족들의 마음을 아프게 하는 일은 하고 싶지 않아요. 하지만 당장 재산이 없다고 해도 사랑하기 때문에 결혼을 강행하는 젊은이들도 얼마든지 있지 않은가요? 저 역시 사랑에 이끌리면 어떻게 될지 모르는 일이죠. 그런 사람들보다 현명하게 행동할 거라는 장담은 할 수 없어요. 그런 감정을 무시하는 게 과연 현명한 행동인지도 잘 모르겠고요. 절대로 성급하게 행동하지 않겠다는 것밖에는 약속드릴 수가 없네요. 그분이 저를 누구보다 가장 소중하게 생각한다고 선불리 믿지는 않을 거예요. 그분과 함께 있을 때도 그런 감정에 빠지지 않도록 조심할게요. 제가 할 수 있는 한 주의할 테니 너무 걱정하지 마세요."

"그 남자가 지금처럼 이곳에 자주 오지 않게 하는 게 좋을 것 같다. 적어도 네 어머니께 그 사람을 초대하라고 부추겨선 안 된다."

"지난번에는 제가 어머니를 졸라 댔었죠."

엘리자베스가 겸연쩍게 웃으며 말했다.

"그런 행동은 자제하는 게 현명하겠죠. 하지만 그분이 여기 그렇게 자주 오시는 건 아니에요. 이번 주에 그분을 자주 초대한 건 외숙모 때문이에요. 어머니는 친지분이 찾아오면 늘 손님을 초대해야 된다고 생각하시는 거 아시잖아요. 하지만 진심으로 제 명예를 걸고 약속드릴게요. 제가 가장 현명하다고 판단하는 대로 행동할게요. 이제 마음 놓으신 거죠?"

외숙모는 마음이 놓인다고 말했고 엘리자베스는 좋은 충고를 해 줘서 고맙다고 말한 뒤에 두 사람은 헤어졌다. 가디너 부인은 이런 민감한 문제에 있어서 듣는 사람의 기분을 상하지 않고 조언할 수 있는 훌륭한 본보기를 보여 준 셈이었다.

가디너 씨 부부와 제인이 떠나고 난 지 얼마 안 되어 콜린스가 하트퍼드셔로 돌아왔다. 그러나 그는 루카스 경 댁에 머물렀기 때문에 베넷 부인이 불편해할 필요는 없었다. 그의 결혼이 빠른 속도로 진행되고 있어서 베넷 부인은 두 사람의 결혼을 기정사실로 받아들일 수밖에 없었다. 그녀는 비꼬는 말투로 그들이 잘 살기를 바란다고 말했다.

목요일이 결혼식 날이었다. 수요일에 루카스 양이 작별 인사를 하러 왔다. 그녀가 떠나려고 자리에서 일어서자 엘리자베스는 어머니의 성의 없고 무뚝뚝한 축하 인사가 민망하기도 하고 친구와 헤어지는 게 서운한 생각도 들어서 방 밖까지 따라 나왔다. 함께 계단을 내려갈 때 샬럿이 말했다.

"자주 연락할 거지, 엘리자?"

"그럼, 당연하지."

"그리고 한 가지 더 부탁할 게 있어. 나를 만나러 와주지 않을래?"

"그래, 하트퍼드셔에서 자주 만날 수 있을 거야."

"한동안은 켄트를 떠날 수 없을 거야. 그러니까 네가 헌스퍼드에 오겠다고 약속해 줘."

엘리자베스는 켄트를 방문하는 일이 즐겁지 않을 거라고 생각했지만 친구의 부탁을 거절할 수 없었다.

"아버지가 3월에 마리아를 데리고 오신다고 했거든.

그때 너도 함께 왔으면 좋겠어. 네가 와 준다면 우리 식구들이 오는 것만큼 기쁠 것 같아."

드디어 결혼식이 거행되었다. 신랑 신부는 교회에서 예식을 마친 다음 곧장 켄트로 출발했다. 여느 결혼식처럼 이 결혼식에 대해서도 많은 뒷얘기가 오갔다. 엘리자베스는 곧 샬럿에게서 편지를 받았고 그 이후 두 사람은 이전처럼 규칙적으로 편지를 주고받았다. 그렇지만 이전처럼 속마음을 진솔하게 털어놓을 수는 없었다. 엘리자베스는 샬럿에게 편지를 쓸 때마다 과거의 친밀하고 편안한 우정을 지속하는 건 불가능하다고 느꼈다. 편지 쓰는 일을 게을리하지 않아야겠다는 다짐도 현재의 우정보다는 과거의 우정을 생각해서 한 결정이었다. 샬럿이 처음 보낸 편지를 읽을 때만 해도 가슴이 설레었다. 집이 마음에 드는지, 캐서린 영부인을 어떻게 생각하는지, 얼마나 행복한지 궁금한 것 투성이였다. 그러나 편지를 읽고 나자 샬럿의 말 한 마디 한 마디가 그녀가 예상했던 것과 정확히 일치한다는 걸 알았다. 샬럿의 편지는 명랑 쾌활했다. 모든 것이 편안한 것처럼 보였고 온통 칭찬 일색이었다. 집이며 가구, 이웃 사람들, 심지어 도로까지 그녀의 취향에 딱 맞는다고 했고, 캐서린 영부인이 더없이 친절하고 다정하다고 했다. 헌스퍼드와 로징스에 대한 샬럿의 묘사는 콜린스의 묘사보다 강도가 약간 낮았을 뿐 전혀 다를 게 없었다. 자세한 실상을 파악하려면 직접 샬럿을 방문할 때까지 기다리는 수밖에 없었다.

제인은 무사히 런던에 도착했다는 소식을 몇 자 적어서 보내왔다. 엘리자베스는 다음 편지에는 빙리 씨 가족에 대해 쓸 이야기가 생겼으면 좋겠다고 내심 기대했다.

두 번째 편지를 기다리는 엘리자베스의 초조한 심정은 대부분의 기다림이 그렇듯 실망감으로 바뀌었다. 제인은 일주일이 지나도록 캐롤라인을 만나지도 못했고 소식조차 듣지 못했다고 했다. 제인은 자기가 롱본에서 마지막으로 보낸 편지가 사고로 분실된 것 같다고 해석했다.

외숙모가 내일 그 동네로 가실 일이 있으니까 나도 같이 그로스브너가에 가 볼 참이야.

제인은 그곳을 방문해서 빙리 양을 만난 후 다시 편지를 보내왔다.

캐롤라인은 별로 몸 상태가 좋지 않은 것 같았어. 그렇지만 나를 보고는 몹시 반가워하면서 런던에 온 걸 미리 알려 주지 않았다고 책망하더구나. 내 생각이 맞았어. 내가 마지막으로 보낸 편지가 도착하지 않았던 거야. 당연히 캐롤라인의 오빠 소식도 물어봤지. 빙리 씨는 잘 지내고 있대. 다아시 씨와 항상 붙어 다녀서 자기네들도 오빠 볼 시간이 거의 없다는구나. 그날 저녁에 다아시 양이 저녁 식사를 하러 오기로 했대. 나도 만나 봤으면 좋았을 텐데. 캐롤라인과 허스트 부인이 외출할 일이 있다고 해서 난 오래 있지는 못했어. 두 사람이 곧 여기로 날 만나러 올 것 같아.

엘리자베스는 편지를 읽고 실망해서 고개를 저었다. 빙리 양의 태도로 봐서 제인이 런던에 있다는 사실을 빙리가 알게 되는 건 우연에 맡길 수밖에 없었다.

4주일이 지나갔지만 제인은 빙리의 그림자도 보지 못했다. 제인은 원망하지 말자고 스스로 다짐했지만 빙리 양의 무심한 태도를 방관하고만 있을 수는 없었다. 보름 동안 아침이면 오늘은 찾아올까 하는 기대감에 설레고, 저녁이면 그녀가 오지 못한 이유를 혼자 궁리해 내면서 하루하루를 보냈다. 그러다가 드디어 그녀가 찾아오기는 했지만, 오자마자 금방 돌아가 버렸다. 자신을 대하는 태도 역시 이전과 달라졌다는 걸 분명히 느낄 수가 있었다. 제인의 편지에는 그녀가 어떤 기분이었는지 잘 나타나 있었다.

사랑하는 동생 리지에게

빙리 양에 대한 내 판단이 완전히 틀렸다는 걸 인정할게. 네 판단이 옳았다고 기뻐하지는 않겠지. 네 말이 맞았다는 게 증명되긴 했지만, 빙리 양이 그동안 내게 보였던 태도를 생각하면 네가 그녀를 의심했던 것만큼 나도 그녀를 믿을 수밖에 없었다는 걸 알아 줬으면 좋겠다. 그렇다고 나를 고집불통이라고 생각하지는 말아 줘.

빙리 양이 왜 나를 친근하게 대했었는지 이해할 수 없지만, 다시 그런 상황으로 돌아간다고 해도 난 역시 속을 수밖에 없을 것 같아. 캐롤라인은 어제서야 겨우 나를 찾아왔어. 그동안은 편지 한 통, 글 한 줄 없었어. 오늘 찾아왔을 때도 전혀 반가운 기색이 없더구나. 진작 찾아오지 않은 걸 형식적으로 사과하고는 다시 만나고 싶다는 말도 하지 않았어.

완전히 딴사람이 된 것 같았어. 캐롤라인이 외숙모 집을 떠날 때 난 더 이상 그녀와 연락하지 않겠다고 굳게 마음먹었어. 캐롤라인이 원망스럽기는 하지만 한편으로는 안됐어. 나를 친구로 선택했던 게 잘못이지. 나와 친해지려고 노력한 건 항상 캐롤라인 편이었어. 그건 누구도 부정할 수 없는 일이야.

하지만 가엾게도 지금은 오빠에 대한 염려 때문에 내게 친근하게 대하지 못하는 걸 거야. 그건 어쩌면 당연한 일인지도 몰라. 우리는 그런 걱정할 필요 없다고 생각하지만, 캐롤라인의 입장에서는 오빠를 걱정해서 그럴 수밖에 없을 거야. 누이로서 오빠를 걱정하는 건 동기간의 애정에서 비롯된 거니까 자연스러운 일이잖아. 그런데 캐롤라인이 아직도 그런 걱정을 한다는 게 이해가 안 가긴 해. 빙리 씨에게 나를 좋아하는 감정이 조금이라도 있다면 우리는 벌써 만났을 거야. 캐롤라인의 말투로 미뤄 볼 때 내가 런던에 있다는 걸 빙리 씨가 알고 있는 게 틀림없어. 캐롤라인은 자기 오빠가 다아시 양을 좋아하고 있다고 억지로라도 믿고 싶어 하는 것 같았어. 난 정말 이해할 수가 없구나. 내 말이 너무 지나친 것 같지만 모든 게 이중적인 속임수처럼 느껴져. 이런 고통스러운 생각을 머릿속에서 몰아내고 싶어. 내가 행복해질 수 있는 방법과 너의 따뜻한 우애와 외삼촌과 외숙모의 한결같은 사랑만 생각할래.

곧 답장 보내 주기 바란다. 빙리 양은 그분이 다시는 네더필드에 돌아오지 않을 거고, 그 집을 해약할 거라고 말했어. 그렇지만 확실한 건 아닌 것 같아. 그 얘기는 더 이상 하지 않는 게 좋을 것 같다. 헌스퍼드에 있는 친구에게서 반가운 소식을 들었다니 기쁘구나. 윌리엄 경과 마리아가 그 집을 방문할 때 너도 꼭 함께 갔으면 좋겠다. 틀림없이 아주 편안하고 즐거운 시간이 될 거야.

언니가

편지를 읽고 나자 엘리자베스는 너무 마음이 아팠다. 그러나 제인이 더 이상 빙리 양에게 기만당하지 않을 거라는 생각을 하자 조금 기운이 솟는 것 같았다. 이제 빙리에 대한 기대는 산산조각이 났다. 언니에 대한 그의 관심이 다시 되살아날 거란 기대도 할 수 없었다. 그 일을 생각할 때마다 빙리가 정말 형편없는 인간으로 느껴졌다. 그가 다아시 양과 결혼하기를 바라는 것만이 제인을 위해서도 좋은 일이고, 빙리에게도 제대로 보복하는 길이라는 생각이 들었다. 위컴 말대로 빙리가 다아시 양과 결혼하면, 그는 자신이 제인을 놓쳐 버린 걸 내내 후회하게 될 것 같았다.

그때 가디너 부인이 엘리자베스에게 위컴의 일에 관해서 약속했던 일을 묻는 내용의 편지를 보내왔다. 엘리자베스는 외숙모가 좋아할 만한 소식을 전해 주었다. 엘리자베스에 대한 위컴의 애정이 완전히 식어 버렸고 관심도 사라졌다는 소식이었다. 그는 다른 상대에게 구애하는 중이었다. 엘리자베스는 그에게 관심이 있었던 만큼 주의 깊게 그 과정을 지켜보았지만, 그런 상황을 직접 볼 때나 편지로 옮길 때나 그다지 고통스럽지는 않았다. 물론 마음이 약간 아프기는 했지만 심한 고통은 아니었다. 그녀는 자신에게 재산이 있었더라면 위컴이 당연히 자기에게만 구애했을 거라고 생각했다. 그런 생각으로 자신의 상처받은 허영심을 달랠 수 있었다. 위컴이 현재 구애하는 여성의 가장 큰 매력은 최근에 갑자기 상속받게 된 1만 파운드의 재산이었다.

그러나 이번 경우는 엘리자베스의 판단력이 샬럿이 결혼할 때의 판단력보다 흐려진 것 같았다. 그녀는 위컴이 경제적으로 자립할 수 있는 재산을 욕심내는 걸 비판적으로 생각하지 않았다. 그것은 지극히 당연한 욕망이라고 생각했다. 위컴이 자기를 포기하면서 마음속으로 많은 갈등을 느꼈을 걸 생각하면 오히려 연민의 감정이 일어났다. 두 사람 모두를 위해서 위컴이 현명한 선택을 했다고 생각하면서 진심으로 그의 행복을 빌었다.

그녀는 이 모든 사연을 가디너 부인에게 적어 보냈

다. 일의 정황을 설명한 다음 이런 내용을 덧붙였다.

외숙모, 제가 그다지 그분을 사랑하지 않았다는 걸 이제 확실하게 알게 되었어요. 그분에게 정말 순수하고 고결한 열정을 품었었다면 지금쯤 그 사람의 이름을 듣는 것조차 혐오스러워하면서 그 사람이 불행하기를 빌어야 하겠죠. 하지만 제 감정은 지극히 우호적이고 담담할 뿐이에요. 킹 양에 대해서도 전혀 나쁜 감정이 없어요. 조금도 미워하는 감정은 없어요. 오히려 아주 훌륭한 아가씨라고 서슴없이 말할 수 있어요. 제가 그분을 사랑했다면 이럴 수는 없겠죠. 제 감정을 절제했던 게 정말 잘한 일인 것 같아요. 제가 그분에게 정신없이 빠졌다면 분명히 저를 아는 사람들에게 흥미진진한 웃음거리가 되었을 거예요. 그렇다고 제가 사람들의 관심의 대상이 되지 못해서 서운하다고 말씀드리는 건 아니에요. 중요한 인물이 되려면 그만큼 비싼 대가를 치러야 하는 법이죠. 그분의 마음이 변한 걸 저보다 더 분해하는 사람은 키티와 리디아예요. 그 애들은 아직 세상 물정에 어두워서 잘생긴 남자들도 평범한 남자들처럼 먹고살기 위해 돈이 필요하다는 가슴 아픈 진실을 받아들이지 못하는 거겠죠.

4

1월과 2월은 롱본가에 별다른 큰 사건 없이 지나갔다. 가끔씩 진흙탕 길을 걷거나 추운 날씨를 무릅쓰고 메리턴까지 가는 것 이외에는 달라진 게 없는 생활이었다. 그리고 3월은 엘리자베스가 헌스퍼드에 가기로 약속한 달이었다.

엘리자베스는 처음에는 그곳을 방문하는 일을 그다지 중요하게 생각하지 않았다. 그러나 샬럿이 그녀를 몹시 기다리고 있다는 걸 알게 되자 그녀를 만날 기대감에 부풀었다. 떨어져 있는 동안 샬럿을 그리워하는 마음도 생겼고, 콜린스에 대한 거부감도 줄어들었다. 어머니나 동생들과도 대화가 통하지 않아 답답하던 차라 변화가 생긴다는 게 반갑기도 했다. 더욱이 이번 여행 동안 제인을 잠깐이나마 만날 기회가 생길 수도 있었다. 날짜가 다가올수록 오히려 출발이 연기될까 봐 걱정스러워지기까지 했다. 모든 일은 순조롭게 진행되었다. 엘리자베스는 처음 샬럿의 생각대로 윌리엄 경과 그의 둘째 딸과 함께 떠나게 되었다. 런던에서 하룻밤을 보내자는 제안도 더해져서 완벽한 여행 계획이 세워졌다.

한 가지 마음에 걸리는 건 아버지를 혼자 두고 가는 일이었다. 아버지는 엘리자베스가 없으면 적적해하실 게 분명했다. 막상 엘리자베스가 떠나는 날이 되자 아버지는 그녀가 떠나는 걸 못내 서운해하면서 편지를 보내라고 당부하며 자기도 답장을 보내겠다고 약속했다.

그녀는 위컴과 다정하게 작별 인사를 나누었다. 위컴 쪽이 더 애틋하게 서운한 감정을 표현했다. 지금은 다른 여성에게 구애하고 있기는 하지만 엘리자베스가 자신의 관심을 사로잡았던 여성이고, 또 그럴 만한 충분한 자격이 있다는 걸 잊을 수는 없었다. 그는 엘리자베스가 자신의 말을 진지하게 들어 주고, 자신의 처지에 진심 어린 동정을 표현해 준 여성이며, 흠모의 대상이 되기에 부족함이 없다고 생각했다. 그는 엘리자베스에게 즐겁게 지내기를 진심으로 바란다고 말하고, 캐서린 드 버그 영부인이 어떤 사람인지 알려 주면서 그분에 대한 두 사람의 의견과 모든 사람들의 평가가 일치할 거라고 말했다. 그녀는 위컴의 태도에서 진심 어린 관심과 배려를 느꼈다. 그가 결혼을 하든 독신으로 남아 있든, 위컴의 이러한 장점은 다정하고 유쾌한 남성의 모범적인 이미지로 언제까지나 마음속에 남아 있을 것 같았다.

다음 날 그녀와 동행한 사람들은 위컴을 더욱 돋보이게 했다. 윌리엄 루카스 경과 선량하기는 하지만 아버지를 닮아서 머리가 텅 빈 마리아는 쓸데없는 얘기만 쉴 새 없이 늘어놓아서 덜컹거리는 마차 소리를 듣는 것처럼 옆 사람을 고통스럽게 했다. 엘리자베스는 다른 사람들의 잡담을 기꺼이 들어 주는 편이었지만, 윌리엄 경이 늘어놓는 얘기들은 너무 식상하고 진부한 것들뿐이었다. 그는 국왕을 찾아가 뵙던 일이나 기사 작위를 받았던 일처럼 전혀 새로운 게 없는 얘기를 따분하게 늘어놓았다. 이야기를 늘어놓는 말투 역시 내용에 못지 않게 지리멸렬하기 짝이 없었다.

그레이스처치가까지는 겨우 24마일밖에 안 되었다. 게다가 아침 일찍 출발했기 때문에 정오면 그곳에 도착할 수 있었다. 일행이 가디너 씨 댁 문 앞에 도착했을 때, 제인은 응접실 창문으로 그들이 도착하는 걸 지켜보고 있다가 현관에 들어서자 반갑게 맞아 주었다. 엘리자베스는 언니의 얼굴이 예전과 다름없이 건강하고 아름다운 걸 보고 무척이나 기뻤다. 계단에는 사내아이들과 여자아이들이 모여 서 있었다. 그들은 응접실에서 사촌 누이가 오기를 기다리다가 빨리 보고 싶은 마음에 밖으로 나와 있었다. 12개월 만에 처음 만나는 거라 쑥스러운 마음에 선뜻 아래층으로 내려오지 못하고 있었다. 모든 식구들이 기뻐하며 그들을 따뜻하게 환영했다.

그날 하루는 더없이 유쾌하게 지나갔다. 아침에는 부산하게 쇼핑을 하러 돌아다녔고, 저녁에는 극장에 다녀왔다. 엘리자베스는 일부러 숙모 옆에 자리를 잡았다. 두 사람이 나눈 첫 번째 화제는 제인에 관한 것이었다. 제인이 항상 밝은 모습을 보이려고 애쓰고 있기는 하지만, 가끔씩 의기소침해한다는 말을 듣자 엘리자베스는 몹시 마음이 아팠다. 그런 기간이 오래 지속되지는 않을 거라는 생각으로 위안을 삼을 수밖에 없었다. 가디너 부인은 빙리 양이 그레이스처치가를 방문했던 자초지종과 제인과 나누었던 이야기를 전해 주었다. 대화 내용으로 보아 제인은 빙리 양과의 교제를 단념한 게 분명했다.

가디너 부인은 엘리자베스가 위컴에게 버림받았다고 놀려 대면서 그래도 잘 극복하고 있는 것 같다면서 농담을 섞어 칭찬했다.

"그런데 킹 양은 도대체 어떤 아가씨니? 우리 친구인 위컴 씨가 돈에만 관심이 있는 남자라고 생각하고 싶진 않구나."

"그런데 외숙모, 결혼할 때 돈만 추구하는 것과 신중하게 선택하는 것이 어떻게 다른 건가요? 신중함이 끝나고 탐욕이 시작되는 지점은 어디쯤 되는 거죠? 지난 크리스마스 땐 제가 그 남자와 결혼하게 될까 봐 걱정하셨잖아요. 그런 남자와 결혼하는 건 경솔한 행동이라고 하셨죠. 그런데 지금은 그 사람이 고작 1만 파운드의 재산을 가진 여자와 결혼하려고 한다니까 그 사람을 돈만 밝히는 남자라고 의심쩍게 생각하시잖아요."

"넌 킹 양이 어떤 아가씨인지 말해 주기만 하면 돼. 판단은 내가 알아서 할 테니까."

"아주 좋은 아가씨인 것 같아요. 그 여자에 대해서 나쁘게 말하는 얘기는 듣지 못했어요."

"하지만 그 아가씨의 할아버지가 돌아가시면서 재산을 남겨 주기 전까지는 위컴 씨도 그 아가씨에게는 전혀 관심이 없었잖니."

"그건 그랬죠. 하지만 그게 뭐 잘못인가요? 제게 돈이 없어서 제 사랑을 지킬 수 없었던 것처럼, 그분도 자기가 좋아하지도 않고 돈도 없는 여자에게 구애할 이유도 없는 거 아닌가요?"

"그렇기는 하다만, 너와 그런 일이 있었는데 금방 그 여자에게 관심을 돌린 건 좀 천박한 행동이라는 생각이 드는구나."

"궁핍한 처지에 있는 남자는 그렇지 않은 남자들처럼 고상하게 점잔을 뺄 여유가 없는 법이죠. 킹 양이 문제 삼지 않는다면 그걸로 된 거예요. 우리가 왈가왈부할 일은 아닌 것 같아요."

"그 아가씨가 상관하지 않는다고 해서 그의 행동이 정당화되는 건 아니야. 그 아가씨에게 부족한 점이 있다는 걸 증명할 뿐이지. 이를테면 분별력이나 예민한 감정 같은 거 말이다."

"그럼 외숙모 좋을 대로 생각하세요. 위컴 씨는 돈만 밝히는 사람이고, 킹 양은 아둔한 여자라고 말이에요."

엘리자베스가 큰 소리로 말했다.

"아니다, 리지. 내 마음대로 생각하라고 하면 난 그렇게 생각하고 싶지는 않다. 더비셔에서 그렇게 오래 살았던 청년을 나쁘게 생각하는 건 나로서도 그다지 기분 좋은 일은 아니란다."

"더비셔에서 오래 살았다는 게 문제인가요? 그렇다면 전 더비셔에 살고 있는 젊은 남자들을 아주 좋지 않게 생각하고 있는걸요. 하트퍼드셔에 살고 있는 그 남자들의 친구들도 나을 게 없다고 봐요. 전 그 사람들이라면 정말 진절머리가 나요. 천만다행이네요. 내일 제가 가는 곳에는 매너도 센스도 없는 비호감인 남자들만 있을 테니까요. 그럼 결국 멍청한 남자들만 알고 지낼 가치가 있다는 말이 되네요."

"말조심해라, 리지. 그런 식으로 말하면 진짜 실연당한 여자처럼 보일 테니까."

연극이 끝나고 두 사람이 헤어지기 전에 그녀는 뜻밖의 초대를 받았다. 외삼촌 부부가 계획하고 있는 여름 여행에 함께 가자고 권유했던 것이다.

"어느 곳으로 갈지는 아직 정하지 않았어. 아마 호수 지방으로 갈 것 같다."

엘리자베스에게는 더할 나위 없이 즐거운 계획이었다. 엘리자베스는 감사하는 마음으로 초대를 받아들이며 몇 번이나 환호성을 질렀다.

"숙모, 정말 너무 기뻐요! 숙모는 제게 새로운 활기와 생기를 선사해 주셨어요. 절망과 우울은 이제 그만 안녕을 고해야죠. 바위와 산 같은 자연에 비하면 남자 따위는 하잘것없는 존재예요. 정말 멋진 여행이 될 거예요. 우리는 자기가 무얼 봤는지 제대로 설명도 못하는 여행자는 되지 말아요. 우리가 갔던 곳을 생생하게 기억하고 훤히 꿰고 있어야 해요. 호수와 산과 강이 머릿속에서 마구 뒤엉키게 해서는 안 돼요. 어느 곳의 경치를 묘사할 때도 서로 엇갈린 주장을 하면서 말씨름을 해서는 절대 안 되죠. 여행에서 돌아온 후 자기감정에 빠져서 지루한 여행담으로 다른 사람들을 괴롭히는 그런 여행자가 되면 절대 안 돼요."

5

다음 날 여행에서 엘리자베스에게는 모든 것이 새롭고 즐겁게 보였다. 이제 즐거운 일을 받아들일 수 있을 만큼 마음의 여유가 생긴 덕분이었다. 언니가 매우 건강해 보여서 걱정이 사라진 데다, 북부 지방으로 여행할 걸 생각만 해도 저절로 기분이 좋아지고 기운이 솟구치는 것 같았다.

마차가 큰길을 벗어나 헌스퍼드로 가는 좁은 길로 들어서자, 사람들은 모퉁이를 돌 때마다 목사관이 나타나길 기다렸다. 마차가 달리고 있는 길 한쪽 편에는 로징스 파크의 울타리가 둘려져 있었다. 엘리자베스는 로징스의 식구들에 관해 들었던 얘기를 떠올리며 혼자 미소를 지었다.

드디어 목사관이 눈에 들어왔다. 도로 쪽으로 경사진 정원과 그 가운데 서 있는 집과 초록색 담과 월계수로 둘러진 울타리, 모든 것이 목적지에 도착했다는 걸 말해 주고 있었다.

콜린스와 샬럿이 문 앞에 모습을 드러냈다. 마차가 작은 문 앞에 멈춰 서자 그들은 서로 눈인사를 나누고 짧은 자갈길을 걸어 집에 도착했다. 마차에서 내린 사람들은 집주인들과 반가움과 기쁨의 인사를 나눴다. 콜린스 부인은 쾌활하게 친구를 맞이했다. 엘리자베스는 애정 어린 환대를 받으면서 이곳에 오기를 잘했다고 생각하며 마음이 뿌듯했다. 사촌의 정중한 예의범절은 결혼한 후에도 전혀 달라진 게 없었다.

콜린스는 문 앞에 손님들을 몇 분 동안 세워 놓고 온 가족의 안부를 깍듯이 물으며 대답을 듣고 나서야 만족한 표정을 지었다. 그리고 집으로 들어가는 입구를 깨끗이 청소해 놓았다는 걸 누누이 강조하며 잠시 입구에서 지체한 후 손님들을 집 안으로 안내했다. 응접실에 들어서자 그는 다시 한 번 누추한 집을 방문해 준 것에 대해 지나치게 격식을 갖춰 가며 감사의 인사를 했고, 아내가 손님들에게 마실 것을 권할 때마다 빠짐없이 같은 인사를 되풀이했다.

엘리자베스는 콜린스가 자신에게 득의만만한 태도를 보일 걸 이미 예상하고 있었다. 그는 방의 훌륭한 배치와 구조와 가구를 자랑할 때 유독 엘리자베스를 쳐다보면서 얘기했다. 엘리자베스가 자신의 청혼을 거절함으로써 이 모든 특권을 놓쳤다는 걸 깨닫게 하려는 속셈이 빤히 들여다보였다. 집 안은 무척 깔끔하고 안락했다. 그렇다고 해서 그의 청혼을 거절했던 걸 후회라도 하는 것처럼 한숨을 쉬어서 콜린스를 만족시킬 생각은 없었다. 엘리자베스는 이런 남자와 함께 살면서 쾌활한 모습을 보이는 친구를 경이롭게 바라보지 않을 수 없었다.

콜린스는 아내가 수치스러워할 만한 말을, 그것도 자주 입 밖에 냈다. 그때마다 엘리자베스는 자기도 모르게 샬럿에게 눈길이 갔다. 한두 번 샬럿의 얼굴이 살짝 붉어지는 모습이 보였지만, 그녀는 대부분 못 들은 척하며 슬기롭게 넘어갔다. 콜린스는 거실에 있는 벽장에서부터 벽난로의 재받이에 이르기까지 방 안에 있는 가구를 한 점도 빼놓지 않고 자랑한 다음, 그들이 여행했던 일과 런던에서 있었던 일까지 모두 얘기하고 나서 정원을 산책하자고 제안했다.

정원은 널찍했고 잘 정돈되어 있었다. 콜린스는 자신이 직접 정원을 가꾼다면서 또 자랑을 늘어놓았다. 그는 이 정원에서 일하는 것이 자신의 가장 품위 있는 취미 생활 중 하나라고 말했다. 샬럿도 정원을 가꾸는 일이 좋은 운동이기 때문에 남편에게 자주 권한다고 태연하게 말했다. 엘리자베스는 그런 친구의 모습에 감탄을 금할 수 없었다.

콜린스는 오솔길과 갈림길을 한 곳도 빠짐없이 안내하면서 손님들이 칭찬의 말을 할 틈도 없이 보이는 것마다 자세하게 설명을 늘어놓았다. 그의 장황한 설명 때문에 손님들은 정원의 아름다움을 감상할 겨를이 없었다. 그는 사방에 있는 밭의 숫자를 모두 헤아리고 있었고, 가장 멀리 떨어진 숲에 나무가 몇 그루 있는지까지 알고 있었다. 그는 자기 집 정원은 말할 것도 없고 나라 안에 있는 어떤 고장도 로징스의 전망과는 상대가 되지 못할 거라고 말했다. 그의 집 맞은편 정원을 둘러싸고 있는 나무들 사이로 비탈진 언덕 위에 자리 잡고 있는 로징스 저택이 보였다. 현대식으로 지어진 웅장하고 훌륭한 건물이었다.

콜린스는 그의 정원을 지나 두 군데 목장까지 안내하고 싶어 했지만, 숙녀들이 아직 눈이 녹지 않아 미끄러운 길을 걷기엔 무리인 신발을 신고 있어서 집으로 되돌아갈 수밖에 없었다.

윌리엄 경이 콜린스를 따라 나간 사이에 샬럿은 동생과 친구에게 집 안을 구경시켜 주었다. 그녀는 남편의 간섭을 받지 않고 집을 안내할 수 있게 된 걸 무척 즐거워하는 것 같았다. 집은 자그마했지만 튼튼하고 편리하게 잘 지어져 있었고, 집 안에 있는 모든 살림이 깔끔하고 통일감 있게 잘 정돈되어 있어서 샬럿의 손길이 곳곳에 닿아 있다는 걸 느낄 수 있었다. 콜린스를 잊을 수 있는 동안은 집 안에 더없이 편안한 분위기가 감돌았다. 샬럿 역시 그가 없는 홀가분한 시간을 즐기고 있는 게 분명했다.

엘리자베스는 캐서린 영부인이 아직 런던에 가지 않

고 이곳에 머무르고 있다는 걸 알고 있었다. 저녁 식사 도중에 다시 캐서린 영부인 얘기가 나오자 콜린스가 나섰다.

"맞습니다, 엘리자베스 양. 이번 주 일요일에 교회에서 캐서린 드 버그 영부인을 뵐 수 있는 영광을 얻게 되실 겁니다. 그분을 뵈면 엘리자베스 양도 분명히 그분을 좋아하시게 될 겁니다. 정말 애정이 넘치시고 겸손하신 분이니까요. 예배가 끝난 후에 엘리자베스 양에게도 틀림없이 인사를 건네 주실 겁니다. 여기 머무시는 동안 저희를 초대하실 때마다 처제와 엘리자베스 양을 함께 초대해 주실 거라고 자신 있게 말씀드릴 수 있습니다. 영부인께서는 제 아내 샬럿에게 무척 친절하게 대해 주신답니다. 저희들은 매주 두 번씩 로징스 댁 식사에 초대를 받는데 절대 집에 걸어서 돌아가지 못하게 하시죠. 늘 그분의 마차를 준비해 주십니다. 그분의 마차 중 한 대라고 해야 맞는 표현이겠군요. 그분은 마차를 여러 대 갖고 계시니까요."

"캐서린 영부인은 존경할 만한 분이세요. 정말 훌륭한 분이시죠. 이웃 사람들에게 자상하게 신경을 써 주신답니다."

샬럿이 남편의 말을 거들었다.

"맞는 말이에요, 여보. 제가 하고 싶은 말도 바로 그겁니다. 부인은 정말 존경할 만한 분이시죠."

그날 저녁은 주로 하트퍼드셔 소식을 얘기하거나 이미 편지에 썼던 내용을 다시 이야기하는 걸로 지나갔다. 하루 일과가 끝나자 엘리자베스는 혼자 방에서 조용히 샬럿이 과연 행복한 생활을 하고 있는지 생각해 보았다. 샬럿이 집 안을 안내하며 하던 말과 남편을 대하는 차분한 태도를 생각하면 모든 일을 아주 현명하게 해내고 있다는 걸 인정하지 않을 수 없었다.

엘리자베스는 앞으로 이 집에서 어떻게 시간을 보내게 될지 그려 보았다. 대부분의 시간은 이 집 사람들의 조용한 일상 속에 지나갈 것이고, 그 시간 사이사이에 콜린스가 불쑥 끼어들어 당혹스러운 상황을 만들어 낼 것이 분명했다. 그리고 로징스가의 사람들과의 요란한 만남이 기다리고 있을 것이다. 그녀는 풍부한 상상력을 발휘해서 앞으로 일어날 상황을 머릿속으로 미리 그려 보았다.

다음 날 정오 무렵 엘리자베스가 산책 나갈 채비를 하고 있을 때 갑자기 아래층에서 소란스러운 소리가 들려왔다. 무슨 큰일이라도 벌어졌나 해서 귀를 기울여 보니 누군가 그녀의 이름을 부르고 있는 소리가 들렸다. 문을 열자 계단 중간에 서 있던 마리아가 무척 흥분한 것처럼 숨을 헐떡거리며 소리쳤다.

"엘리자, 어서 식당으로 내려가 봐. 볼만한 구경거리가 있어. 무슨 일인지 얘기 안 해 줄래. 빨리 내려가 봐."

엘리자베스는 무슨 일이냐고 물었지만, 마리아는 아무것도 말해 주지 않았다. 두 사람은 아래층으로 내려가서 오솔길로 이어져 있는 식당으로 뛰어갔다. 정원 문 앞에 나지막한 사륜 쌍두마차가 멈춰 있고 그 옆에는 두 여자가 있었다.

"이것 때문에 그렇게 난리를 피운 거야? 난 돼지가 정원으로 침입이라도 한 줄 알았잖아. 고작 캐서린 영부인과 그분의 따님이 온 걸 갖고 그 야단법석을 한 거였어?"

엘리자베스가 어이없다는 듯이 말했다.

"아니, 저 부인은 캐서린 영부인이 아니야."

마리아가 설명했다.

"저 나이 든 부인은 캐서린 영부인과 함께 살고 있는 젠킨슨 부인이고, 다른 한 사람은 버그 양이야. 잘 봐. 정말 체격이 왜소하지? 버그 양이 저렇게 마르고 왜소한 아가씨일 거라고 누가 상상이나 했겠어?"

"바람이 심하게 부는데 샬럿을 밖에 서 있게 하는 건 무례한 일 아니야? 왜 집 안으로 들어오지 않는 거지?"

"샬럿이 그러는데 그 아가씨는 집 안에 들어오는 일이 거의 없대. 드 버그 양이 집 안에 들어오는 건 굉장한 호의를 베푸는 거라나 봐."

"난 저 아가씨의 외모가 마음에 드는걸."

엘리자베스는 한 남자를 떠올리며 말했다.

"병약하고 신경질적으로 보이는 게 어떤 남자에게 썩 어울릴 만한 아가씨야. 그 남자에게 아주 좋은 아내가 될 수 있을 것 같아."

콜린스와 샬럿은 문 옆에 서서 마차 안에 앉아 있는 여자들과 이야기를 나누고 있었고, 윌리엄 경은 현관에 서서 드 버그 양을 황송한 표정으로 바라보다가 그녀가 자기 쪽으로 고개를 돌릴 때마다 연신 굽실대며 인사를 했다. 엘리자베스에게는 이 광경이 재미난 구경거리였다.

이야기가 끝나자 여자들은 마차를 타고 떠났고 남은 사람들은 집 안으로 들어왔다. 콜린스는 엘리자베스와 마리아를 보자 정말 운이 좋다며 축하 인사를 하기 시작했고 샬럿은 다음 날 로징스 댁 식사에 모두 초대를 받았다고 말했다.

6

캐서린 영부인의 초대는 콜린스의 등등한 기세를 최고조에 다다르게 했다. 자신의 후견인이 얼마나 대단한 인물인가를 손님들에게 과시하고, 영부인이 자기 부부를 정중하게 대하는 모습을 보여 주는 것이야말로 그가 바라던 일이었다. 게다가 그런 기회를 이렇게 빨리 제공해 준 것은 캐서린 영부인의 배려가 얼마나 깊은지를 증명하는 실제적인 예가 되었고, 그는 너무도 감사해서 몸 둘 바를 몰라 했다.

"영부인께서 일요일 저녁에 로징스에 와서 차나 마시자고 하셨다면 당연히 놀라지 않았을 겁니다. 그분의 상냥하신 성품을 알고 있기에 그렇게 말씀하실 거라고 이미 예상하고 있었으니까요. 하지만 이렇게까지 신경을 써 주실 줄은 몰랐습니다. 여러분이 도착하고 나서 이렇게 빨리 초대해 주실 줄 누가 상상이나 했겠습니까? 게다가 일행을 전부 초대해 주시다니요!"

그의 말에 윌리엄 경이 대답했다.

"내겐 그다지 놀랄 일도 아니라네. 내 직책상 지체 높으신 분들의 예의범절이 어떤지 접할 기회가 많았으니까 말일세. 궁정에서는 그런 품격 있는 행동은 일상적인 것이지."

그날 온종일 그리고 다음 날 아침까지도 모든 대화가 로징스를 방문하는 일에 관한 것으로 이어졌다. 콜린스는 로징스에서 보게 될 것을 미리 자세히 알려 주는 자상함을 잊지 않았다. 웅장한 방들과 수많은 하인들과 거창한 만찬을 보고 손님들이 압도당하지 않도록 배려한 행동이었다.

숙녀들이 몸단장을 하기 위해 자리에서 일어서자 콜린스가 엘리자베스에게 말했다.

"옷차림에 대해 너무 걱정하지 마세요. 캐서린 영부인께서는 우리가 당신이나 따님에게 어울리는 품위 있는 옷을 입어야 한다고 생각하지는 않으시니까요. 엘리자베스 양이 가지고 있는 옷 중에서 가장 나은 옷을 입으시면 됩니다. 그보다 더 좋은 옷을 입을 필요는 없습니다. 캐서린 영부인께서는 검소한 옷차림을 했다고 엘리자베스 양을 좋지 않게 생각하시지 않을 겁니다. 그분은 신분 차이를 확실하게 구별하는 걸 좋아하시거든요."

그는 숙녀들이 옷을 갈아입고 있는 동안에도 몇 번이나 이 방 저 방 문 앞에 와서 캐서린 영부인께서 식사 시간에 늦는 걸 몹시 싫어하신다며 빨리 옷을 입으라고 재촉했다. 부인의 성품과 생활 방식에 대한 그의 위협적인 설명은 사교계에 익숙하지 않은 마리아 루카스를 잔뜩 주눅 들게 했다. 그녀는 아버지가 세인트 제임스 궁에서 국왕을 알현할 때처럼 떨리고 불안한 마음으로 로징스의 안주인을 만날 시간을 기다렸다.

그날은 날씨가 유난히 화창해서 정원을 가로질러 반 마일 정도 기분 좋게 산책할 수 있었다. 장원은 곳곳마다 아름다운 경치를 자랑하고 있었고, 콜린스가 입에 침이 마르도록 자랑한 것처럼 황홀할 만큼 아름다운 건 아니지만, 엘리자베스도 꽤 마음에 드는 곳이었다. 콜린스는 저택 정면에 있는 유리창의 개수를 일일이 세어 가며 루이스 드 버그 경이 처음 그 유리창을 끼울 때 어마어마한 돈이 들었다는 점을 강조했다. 그러나 엘리자베스에게는 그런 것들이 그렇게 대단하게 생각되지 않았다.

현관으로 이어진 계단을 하나씩 올라갈 때마다 마리아의 놀라움과 감탄은 점점 강도가 심해졌다. 윌리엄 경도 당황하는 기색이 역력했다. 그러나 엘리자베스만은 전혀 기가 죽지 않고 꿋꿋했다. 엘리자베스는 캐서린 영부인이 특별한 지성이나 존경할 만한 미덕을 지녔다는 말을 들은 적이 없었다. 캐서린 영부인의 위엄이 단지 돈과 지위에서 비롯된 것이라면 그분을 대하는 걸 조금도 두려워할 이유가 없다고 생각했다.

콜린스가 그토록 칭찬하던 멋진 구조와 우아한 장식을 갖춘 현관에 도착하자, 하인이 나와 일행을 응접실을 지나 캐서린 영부인과 그 딸과 젠킨슨 부인이 앉아 있는 방으로 안내했다.

캐서린 영부인은 정중하게 자리에서 일어나 그들을

맞이했다. 콜린스 부인이 손님들을 소개하는 역할을 맡기로 남편과 합의를 보았기 때문에, 콜린스 씨라면 당연히 필요하다고 생각했을 장황한 감사의 말은 생략하고 적절한 예절을 갖춰 소개하는 절차가 이루어졌다.

윌리엄 경은 세인트 제임스궁에서 국왕을 알현한 경험이 있었음에도 불구하고, 로징스 저택의 장엄한 분위기에 완전히 압도되어 깊숙하게 허리를 굽혀 인사를 하고는 아무 말 없이 자리에 앉았다. 그의 딸 역시 정신이 나갈 정도로 주눅이 들어서 간신히 의자 끝에 걸터앉은 채 시선을 어디로 둬야 할지 몰라 허둥대고 있었다.

그러나 엘리자베스는 전혀 당황한 기색 없이 침착하게 앞에 앉아 있는 세 여인을 살펴보고 있었다. 캐서린 영부인은 키가 크고 체격도 컸으며, 얼굴 윤곽이 상당히 강한 편이었다. 젊었을 때는 꽤 아름다웠을 거라는 생각이 들 만큼 잘생긴 얼굴이었다. 그녀의 태도는 따뜻하고 온화한 편은 아니었고, 그들을 대하는 예절 또한 방문한 사람들이 자신의 낮은 신분을 의식하지 않을 만큼 정중한 것은 아니었다.

그녀가 입을 다물고 있을 때는 별로 위엄이 느껴지지

않았지만, 말을 할 때는 항상 자신의 높은 신분을 의식하는 것처럼 위압적인 어조였다. 엘리자베스는 위컴이 영부인에 대해서 했던 말을 떠올렸다. 그날 관찰한 캐서린 영부인은 위컴의 설명과 정확히 일치했다. 엘리자베스는 영부인의 얼굴과 거동이 다아시와 닮은 점이 있다고 생각하며 영부인의 딸에게로 눈길을 돌렸다.

너무도 마르고 왜소한 체격을 가진 그녀를 보고 마리아가 놀랐던 것만큼이나 엘리자베스도 충격을 받았다. 모녀는 체격이나 얼굴이 조금도 닮은 구석이 없었다. 드 버그 양은 창백하고 병약해 보였다. 그녀의 얼굴은 못생긴 편은 아니었지만 그렇다고 예쁘다고 할 수도 없었다. 그녀는 젠킨슨 부인에게 귓속말을 하는 것 이외에는 거의 말을 하지 않았다. 젠킨슨 부인의 외모는 특별히 눈에 띄는 점 없이 평범했다. 그녀는 드 버그 양의 말에 귀를 기울이면서 아가씨가 햇빛에 눈이 부실까 봐 햇빛 가리개를 적당한 위치에 놓는 데만 신경을 쏟고 있었다.

모두들 몇 분 동안 어색하게 자리에 앉아 있었다. 부인은 일행에게 창문으로 가서 훌륭한 전망을 감상하라고 권했다. 콜린스는 그들 옆에 붙어 서서 아름다운 전망을 가리키며 이번에도 역시 칭찬을 아끼지 않았다. 캐서린 영부인은 콜린스의 칭찬에 여름에는 훨씬 더 경치가 아름답다고 거들었다.

만찬은 과연 듣던 대로 훌륭했다. 하인들이나 음식 메뉴나 모든 것이 콜린스가 미리 알려 준 그대로였다. 그리고 역시 그가 예상했던 대로 영부인의 권유에 따라 그는 식탁 맨 끝자리에 자리를 잡았다. 그는 자신의 생애에서 최고의 대접을 받고 있는 것 같은 표정을 짓고 있었다. 그는 기쁨에 넘쳐 경쾌한 동작으로 음식을 썰고, 먹고, 감탄을 연발했다. 음식이 한 가지 나올 때마다 맨 처음에 콜린스가 칭찬을 하면, 그다음에는 윌리엄 경이 칭찬을 하는 게 정해진 순서였다. 윌리엄 경은 이제 마음이 진정되었는지 사위가 한 말을 앵무새처럼 따라 하고 있었다. 캐서린 영부인이 듣기 괴롭지 않을까 걱정이 될 정도였다. 그러나 캐서린 영부인은 오히려 그들의 과장된 찬사를 만족스러워하는 것처럼 보였다. 특히 테이블에 나온 요리를 보고 손님들이 처음 보는 음식이라고 할 때마다 더할 수 없이 너그럽고 자애로운 미소를 지어 보였다. 식탁에 둘러앉은 사람들은 별로 대화를 나누지 않고 식사에만 열중하고 있었다.

엘리자베스는 가능하면 대화에 참여할 생각이었지만, 샬럿과 드 버그 양 사이에 앉아 있어서 말할 기회가 주어지지 않았다. 샬럿은 캐서린 영부인의 말을 듣는 데만 정신을 쏟았고, 드 버그 양은 저녁을 먹는 내내 한 마디도 말을 걸지 않았다. 젠킨슨 부인은 드 버그 양이 너무 적게 먹는다고 걱정하며 다른 음식도 먹어 보라고 권유하기에 바빴다. 아가씨가 식욕이 너무 없다면서 걱정이 이만저만 아니었다. 마리아는 입을 열 엄두도 내지 못하는 듯했고, 남자들은 음식을 먹으면서 연신 칭찬하는 것 이외에는 아무 말도 하지 않았다.

응접실로 돌아가자 숙녀들은 캐서린 영부인의 이야기를 듣는 것 외에 할 일이 없었다. 영부인은 커피가 나올 때까지 갖가지 주제에 관해 자신의 견해를 늘어놓았다. 그녀의 말투는 매우 단호해서 자신의 판단에 반박하는 말을 듣는 데 익숙하지 않은 것처럼 보였다. 영부인은 샬럿의 집안 사정에 대해 잘 아는 것처럼 여러 가지 집안일들을 상세히 물어보고, 그 일을 처리하는 방법에 대해 충고했다. 그리고 샬럿네처럼 규모가 작은 가정에서는 어떻게 살림을 꾸려야 하는지, 암소와 닭은 어떻게 돌봐야 하는지까지 일일이 지시했다.

엘리자베스는 이 귀부인은 남들에게 명령할 수 있는 기회만 주어진다면 어떤 일이든 마다하지 않을 거라고 생각했다. 영부인은 콜린스와 대화를 나누는 도중에 마리아와 엘리자베스에게 여러 가지 질문을 던졌다. 그녀는 엘리자베스에게 특히 관심이 있는 것처럼 보였다. 영부인은 콜린스 부인에게 엘리자베스의 집안이 어떤지 모르지만, 꽤 얌전하고 예쁜 아가씨라고 말했다. 그녀는 엘리자베스에게 자매가 몇 명이며, 그중에서 언니는 몇 명이고 동생은 몇 명인지, 그리고 누가 결혼을 할 예정인지, 외모가 예쁜지, 어디서 교육을 받았는지, 아버지가 어떤 마차를 소유하고 있는지, 어머니의 처녀 때 성이 무엇인지까지 물었다. 엘리자베스는 그녀의 질문이 무례하고 오만하다고 느꼈지만 겉으로는 태연하게 대답했다. 그러자 캐서린 영부인이 말했다.

"부친의 재산이 콜린스 씨에게 한정 상속된다고 들었는데."

그러고 나서 샬럿에게 고개를 돌리면서 말했다.

"콜린스 부인에게는 참 잘된 일이로군. 하지만 난 여자들이 상속에서 빠져야 하는 이유를 납득할 수가 없어. 루이스 드 버그 경의 집안에서는 그럴 필요성을 전혀 못 느꼈지만 말이지. 악기 연주와 노래도 하나, 베넷 양?"

"조금 합니다."

"아, 그럼 언제 연주와 노래를 들려주지. 우리 집에 있는 피아노는 아주 훌륭한 피아노야. 그 피아노보다 더 훌륭한 피아노는 아마 찾아보기 힘들걸. 그건 그렇고 언니와 동생들도 연주와 노래를 할 줄 아나?"

"한 명은 합니다."

"왜 모두 다 배우지 않았을까? 당연히 모두 다 배웠어야지. 웨브 씨 집안 딸들은 모두 연주할 줄 아는데. 그 아버지 수입이 아가씨 아버지보다 많은 것도 아닐 텐데 말이지. 그림은 그리나?"

"아니요, 그림은 그릴 줄 모릅니다."

"아무도 못 그린단 말인가?"

"네, 아무도요."

"그건 정말 이해하기 힘든 일이로군. 배울 기회가 없

었던 게지. 어머니께서 매년 봄마다 런던으로 딸들을 데리고 가서 훌륭한 선생님의 지도를 받도록 했어야지."

"어머니는 그렇게 하고 싶어 하셨지만, 아버지께서 런던을 싫어하셔서요."

"그럼 이젠 가정 교사는 없나?"

"저희 집에는 가정 교사가 있었던 적이 없습니다."

"가정 교사가 없었다니, 어떻게 그럴 수가 있지? 딸이 다섯이나 되는데 가정 교사도 없이 집에서 교육하다니! 그런 얘기는 처음 들어 보는군. 어머니께서 자식들을 교육하느라고 완전히 노예처럼 사셨겠네."

엘리자베스는 그렇지 않았다고 말하면서 속으로 너무 어이가 없어서 웃음이 터질 것 같았다.

"그럼 누가 딸들을 가르쳤단 말이지? 누가 돌봐 주고? 가정 교사가 없었다면 분명 방치되었겠군."

"어떤 집안과 비교하면 그랬다고 할 수도 있죠. 하지만 배우고 싶은 게 있을 때 못 배운 적은 없었어요. 부모님께서 항상 독서를 권고하셨고 선생님이 필요할 땐 구해 주셨죠. 게으름을 피우려고 들면 그럴 수도 있었겠지만 그렇지는 않았답니다."

"맞아, 그런 게으름을 막아 주는 역할을 하는 게 바로 가정 교사지. 내가 어머니를 알고 지냈더라면 가정 교사를 두도록 강력하게 권고했을 텐데. 내가 항상 하는 말이 꾸준하고 규칙적인 훈육이 없으면 아무것도 이루어지지 않는다는 거야. 가정 교사가 아니면 누구도 그런 역할을 할 수 없거든. 내가 가정 교사를 구해 준 집이 얼마나 많은지 그걸 생각하면 뿌듯하다니까. 젊은 사람에게 좋은 일자리를 구해 주는 건 정말 흐뭇한 일이지. 젠킨슨 부인의 조카딸 네 명도 내가 좋은 자리에 소개해 줬지. 며칠 전만 해도 우연한 기회에 소개받은 청년을 추천했는데 가족들이 아주 대만족이라더군. 콜린스 부인, 어제 메트캐프 부인이 고맙다는 인사를 하러 들렀다는 얘기를 내가 했었나? 포프 양을 보물이라고 말하더군. '캐서린 영부인께서 제게 보물을 찾아 주셨어요.' 이렇게 말했지. 동생들 중에 사교계에 나온 아가씨가 있나, 베넷 양?"

"예, 모두 다 사교계에 나갔습니다."

"뭐라고? 다섯 명이 한꺼번에 나갔다고? 정말 특이한 경우로군. 베넷 양이 둘째라면서, 언니들이 아직 결혼도 하지 않았는데 동생들이 사교계에 드나들다니! 동생들 나이가 아주 어릴 텐데."

"네, 막내가 열여섯 살이에요. 아직 사교계에 나가기엔 어린 나이죠. 하지만 언니가 일찍 결혼할 생각이 없거나 마땅한 상대가 나타나지 않아서 결혼하지 않았다는 이유로 동생들이 사교계의 즐거움을 빼앗기는 건 너무 가혹하다고 생각해요. 막내도 맏딸 못지않게 젊음의 즐거움을 누릴 권리가 있으니까요. 그런 이유로 즐거움을 미뤄야 한다는 건 부당하다고 생각합니다. 그렇게 되면 자매간의 우애나 배려하는 마음이 돈독하게 유지될 수 없겠죠."

"아가씨는 젊은 사람이 자기 생각을 꽤 당당하게 말하는군. 나이가 몇 살인가?"

"성인이 된 동생이 세 명이나 있는데 제 입으로 나이를 말할 거라고 기대하시지는 않겠죠."

엘리자베스가 미소를 지으며 대답했다. 캐서린 영부인은 곧바로 대답을 듣지 못하자 꽤 당황스러워하는 눈치였다. 엘리자베스는 영부인의 위세 등등하고 무례한 질문을 무시한 첫 번째 인물이 바로 자신일 거라고 생각했다.

“내 생각엔 스무 살은 넘지 않았을 것 같군. 그러니 굳이 나이를 감출 필요는 없을 것 같은데.”

“아직 스물한 살은 안 됐습니다.”

남자들이 함께 차를 마시러 왔다. 그들이 차를 다 마시고 나자 카드 테이블이 준비되었다. 캐서린 영부인과 윌리엄 경, 콜린스 부부가 카드리유를 하기 위해 자리에 앉았고, 드 버그 양은 카지노 게임을 선택해서 두 아가씨는 젠킨슨 부인과 한 팀이 되는 영광을 누리게 되었다. 이 테이블은 지루하고 따분하기 짝이 없었다. 젠킨슨 부인은 게임에 관한 얘기는 한마디도 하지 않고 드 버그 양이 너무 덥거나 춥지 않을까, 아니면 너무 불빛이 많이 비치거나 적게 비치지 않을까 전전긍긍했다.

다른 테이블에서는 훨씬 더 많은 대화가 오갔다. 주로 말을 하는 쪽은 캐서린 영부인이었다. 그녀는 다른 세 사람의 실수를 지적하거나 자신의 일화를 얘기하고 있었다. 콜린스는 영부인이 무슨 말을 하든지 맞장구를 치면서 자기가 점수를 딸 때마다 고맙다는 말을 빼놓지 않았고, 너무 많이 땄을 때는 사과하는 것 또한 잊지 않았다. 윌리엄 경은 별로 말을 많이 하지 않았다. 그는 영부인이 말한 일화와 귀족들의 이름을 머릿속에 집어넣는 데만 정신을 쏟고 있었다.

캐서린 영부인과 따님이 싫증이 날 때까지 게임을 즐기고 나자 테이블이 모두 치워졌다. 영부인이 콜린스에게 마차를 준비시켜도 되겠느냐고 말하자 그는 감사하게 받아들였고 영부인은 즉시 지시를 내렸다. 그들은 벽난로 주위에 둘러선 채 다음 날 날씨에 관한 캐서린 영부인의 예보를 들어야 했다. 그러는 동안 마차가 도착했다고 알려 왔다.

그들이 떠날 때 콜린스는 다시 감사의 인사를 반복했고, 윌리엄 경은 여러 차례 절을 했다. 마차가 문 앞을 출발하자마자 콜린스는 엘리자베스에게 로징스 저택에서 본 것에 대한 그녀의 감상을 물어 왔다. 그녀는 샬럿을 배려하는 마음에서 자신의 본심보다 과장되게 칭찬을 해 주었다. 그러나 그녀가 힘겹게 꾸며 낸 칭찬의 말도 콜린스를 만족시키기에는 절대적으로 부족했다. 그는 결국 영부인에 대한 찬사를 자신이 직접 늘어놓는 걸로 아쉬운 부분을 대신했다.

7

윌리엄 경은 헌스퍼드에 겨우 일주일밖에 머무르지 않았지만, 그 시간은 딸이 매우 편안하고 안정된 결혼 생활을 하고 있으며, 훌륭한 남편과 이웃을 두었다는 걸 확인하기에 충분한 시간이었다. 콜린스는 윌리엄 경이 있는 동안 아침마다 이륜마차로 주변 지역을 구경시켜 드렸다. 그가 떠나고 나자 온 가족은 다시 일상적인 삶으로 돌아왔다. 엘리자베스는 사촌이 한가해져서 더 자주 마주치게 될까 봐 걱정했지만, 다행스럽게도 그는 아침 식사를 마치고 나서 저녁을 먹을 때까지 정원에서 일을 하거나 자기 서재에서 독서를 하거나 아니면 도로 쪽으로 나 있는 창문으로 바깥 풍경을 내다보며 시간을 보냈다. 숙녀들이 사용하는 방은 집 뒤편에 있었다. 엘리자베스는 샬럿이 평상시에 식당을 겸한 응접실을 사용하지 않는 걸 보고 처음에는 의아하게 생각했다. 이 방은 훨씬 더 넓고 전망도 좋은 방이었다. 그러나 그녀는 친구가 그렇게 하는 데에는 나름대로 합리적인 이유가 있다는 걸 알게 되었다. 그들이 콜린스의 서재처럼 쾌적한 방에서 시간을 보낸다면, 틀림없이 콜린스가 자기 서재에서 보내는 시간이 줄어들고 그 방에서 보내는 시간이 많아질 것이었다. 엘리자베스는 샬럿이 무척 지혜롭다고 감탄했다.

응접실에서는 좁은 길이 잘 보이지 않았지만, 콜린스가 알려 준 덕분에 무슨 마차가 지나갔는지, 특히 드 버그 양의 마차가 몇 번이나 지나갔는지 알 수 있었다. 드 버그 양은 거의 매일 그 길을 지나갔는데도 콜린스는 한 번도 빠뜨리지 않고 그때마다 알려 주곤 했다. 드 버그 양은 자주 목사관 앞에 마차를 세우고 샬럿과 잠시 얘기를 주고받기는 했지만, 한 번도 마차에서 내려서 집 안으로 들어오라는 권유를 받아들이지 않았다.

콜린스는 거의 하루도 빠짐없이 로징스 저택을 방문

했다. 그의 아내 역시 그곳에 가는 걸 당연하게 받아들이는 것 같았다. 엘리자베스는 생활비 문제로 처리할 일이 있을 거라는 생각이 들기 전까지는 두 사람이 그 집을 위해 그렇게 많은 시간을 할애하는 이유를 도저히 이해할 수가 없었다. 이따금 영부인이 목사관을 방문하는 경우도 있었다. 영부인은 샬럿의 집을 방문하는 동안 방 안에 있는 물건들을 한 가지도 놓치지 않고 자세히 살펴보면서 살림살이를 점검하고, 일하는 모습을 눈여겨보고, 다른 방법으로 하는 게 어떻겠느냐고 조언을 하기도 했다. 가구 배치가 잘못되었다고 트집을 잡거나 가정부가 소홀하게 처리한 일을 찾아내기도 했다. 어쩌다가 간단히 음식을 먹을 때도 있었지만, 단지 콜린스가 먹는 고깃덩어리가 그 집 형편에 맞지 않게 너무 크다는 걸 지적하기 위한 것처럼 보였다.

엘리자베스는 얼마 안 가서 이 대단한 귀부인이 이 구역의 치안 담당을 위임받은 건 아니지만, 자기 교구 안에서 적극적으로 치안 판사의 역할을 맡고 있다는 걸 알게 되었다. 이 지역에서 일어나는 모든 일들이 사소한 것까지 포함해서 콜린스를 통해 영부인에게 전달되고 있었다. 누군가 싸움을 벌이거나, 불만을 갖고 있거나, 가난해서 곤란한 지경에 처할 때마다 영부인이 항상 마을로 달려가서 싸움을 중재하고, 불만을 잠재우고, 훈계해서 사람들이 서로 화해할 수 있도록 했다.

로징스에서 만찬을 즐기는 일은 매주 두 번 정도 반복되었다. 윌리엄 경이 빠졌다는 것과 저녁에 카드 테이블이 하나만 놓인다는 걸 제외하고는 만찬은 이전과 달라진 게 없었다. 그 이외에 별다른 모임은 없었다. 이웃의 전반적인 생활 수준이 콜린스의 생활 수준을 훨씬 뛰어넘었기 때문이었다. 그러나 엘리자베스는 별로 불만은 없었다. 대체로 그녀는 편안하고 여유로운 시간을 보내고 있었다. 샬럿과는 하루에 반 시간 정도 대화를 나눌 수 있었고, 3월치고는 날씨가 아주 좋은 편이어서 야외에서 즐거운 시간을 보낼 수 있었다. 다른 사람들이 캐서린 영부인을 방문하러 가는 동안 엘리자베스는 산책을 즐겼다. 그녀는 공원 한쪽 경계를 이루고 있는 숲을 끼고 있는 길을 자주 찾았다. 나무 그늘이 져서 걷기에 아주 쾌적한 길이었다. 이 오솔길은 아직 엘리자베스 이외에는 아무도 그 가치를 발견하지 못한 곳이었다. 캐서린 영부인의 호기심도 이곳까지는 미치지 못한 모양이었다.

엘리자베스가 조용한 생활을 즐기는 동안 벌써 2주일이 지나고 부활절이 다가오고 있었다. 부활절 전주에는 로징스 저택에 손님 한 사람이 더 오기로 되어 있었다. 교제하는 사람이 워낙 적은 로징스에 새로운 손님이 온다는 건 매우 중요한 사건이었다. 엘리자베스는 도착한 지 얼마 되지 않아서 다아시가 몇 주 내로 방문할 거라는 얘기를 들었다. 그녀는 다아시가 자기가 아는 사람들 중에서 가장 호감이 가지 않는 사람이라고 생각했지만, 그의 등장은 로징스 파크에 그나마 새로운 구경거리가 될 것 같았다. 빙리 양이 자기 사촌을 대하는 다아시의 태도를 보면 그에게 품고 있는 연정이 얼마나 가망 없는 것인지 깨닫게 될 것이었다. 캐서린 영부인은 다아시를 자신의 사윗감으로 점찍어 놓은 게 분명했다. 영부인은 다아시가 올 거라며 대단히 흡족해했고, 최고의 찬사를 동원해서 그를 칭찬했다. 루카스 양과 엘리자베스가 이미 그를 몇 번이나 만났다는 얘기를 듣고는 어쩐지 심기가 불편해 보였다.

다아시가 도착했다는 소식은 곧 목사관에 전해졌다. 콜린스는 누구보다 먼저 그의 도착을 확인하기 위해 아침 내내 헌스퍼드로 가는 길목의 오두막집 근처에서 서성거렸다. 그는 마차가 정원에 들어서자마자 마차를 향해 절을 하고 이 굉장한 소식을 전하기 위해 부리나케 집으로 들어왔다. 다음 날 아침 그는 문안 인사를 드리기 위해 서둘러 로징스 저택으로 향했다. 그가 인사를 드려야 할 대상은 캐서린 영부인의 조카 두 사람이었다. 다아시는 백부의 둘째 아들인 피츠윌리엄 대령과 함께 로징스 저택에 도착했다.

콜린스는 두 명의 신사와 함께 집으로 돌아왔다. 집에 있던 사람들은 세 사람이 함께 오는 모습을 보고 깜짝 놀랐다. 샬럿은 남편의 서재에서 그들이 길을 가로질러 오는 모습을 보자 곧장 엘리자베스와 마리아가 있는 방으로 달려와 그들이 보게 될 영광스러운 광경을 미리 알려 주었다. 그리고 이렇게 덧붙였다.

"이분들이 방문하신 건 네 덕분인 것 같아. 다아시 씨가 나한테 인사하기 위해서 이렇게 서둘러 오실 리는 없으니까 말이야."

엘리자베스가 자기는 그런 인사를 받을 이유가 없다는 말을 미처 끝내기도 전에 벨이 울렸다. 그리고 곧바로 세 사람의 신사가 방으로 들어섰다. 가장 먼저 들어온 사람은 피츠윌리엄 대령이었다. 그는 서른 살 정도 되어 보였고, 잘생긴 편은 아니지만 풍기는 분위기나 말하는 태도가 점잖고 신사다웠다. 다아시는 하트퍼드셔에서 보았던 모습과 전혀 달라진 게 없었다. 그는 평소처럼 격식을 갖춰서 콜린스 부인에게 인사를 하고, 그녀의 친구에 대한 감정과는 상관없이 지극히 태연하게 그녀를 대했다. 엘리자베스는 말없이 고개만 약간 숙여 보였다.

피츠윌리엄 대령은 품위 있는 신사답게 여유롭고 편안하게 대화를 시작해서 유쾌하게 이끌어 갔다. 그러나 다아시는 콜린스 부인에게 집과 정원에 대해 간단한 칭찬을 건네고 나서 한참 동안 누구에게도 말을 걸지 않았다. 그러다가 최소한의 예의를 차려야겠다는 생각이 들었는지 엘리자베스에게 가족들의 안부를 물었다. 그녀는 평범한 답변을 하고 나서 잠깐 사이를 두었다가 덧붙였다.

"언니가 석 달째 런던에 머물고 있어요. 혹시 런던에서 언니를 만나지 않으셨나요?"

만난 적이 없다는 걸 이미 알고 있었지만, 다아시가 빙리 남매들과 제인 사이에 있었던 일을 알고 있는지 떠보기 위해 물어본 것이었다. 유감스럽게도 베넷 양을 한 번도 보지 못했다고 대답할 때 다아시는 약간 당황하는 것처럼 보였다. 엘리자베스는 더 이상 캐묻지 않았다. 신사들은 잠시 후에 그곳을 떠났다.

8

목사관에서는 피츠윌리엄 대령의 훌륭한 매너에 대해 칭송이 자자했다. 숙녀들은 로징스의 저녁 파티가 피츠윌리엄 대령 때문에 훨씬 분위기가 좋을 거라고 기대에 부풀었다. 그러나 로징스에서는 며칠이 지난 후에야 저녁 초대를 해 왔다. 그 집에 손님들이 있는 동안에는 굳이 다른 손님을 초대해야 할 필요가 없었다. 신사들이 도착한 지 일주일이 지난 부활절 전날에야 초대의 영광을 받을 수 있었고, 그것도 교회에서 예배가 끝나고 헤어지면서 저녁에 집에 오라고 말한 게 전부였다.

지난 일주일 동안 그들은 캐서린 영부인과 그의 따님을 거의 보지 못했다. 그사이에 피츠윌리엄 대령은 목사관을 몇 번이나 다녀갔지만, 다아시는 교회에서밖에 볼 수 없었다.

그들은 당연히 초대에 응했고 제시간에 도착해서 캐서린 영부인의 응접실에서 그곳 사람들과 어울렸다. 영부인은 예의를 갖추어서 그들을 맞이하기는 했지만 다른 손님이 없을 때만큼 그들을 반기지 않는 기색이 역력했다. 사실상 영부인은 조카들에게만 관심이 쏠려서 그들하고만 대화를 했고 그중에서도 다아시에게 훨씬 더 말을 많이 건넸다.

피츠윌리엄 대령은 그들을 진심으로 반가워했다. 로징스에 머물고 있는 동안에는 사소한 일도 그에게 흥미로운 기분 전환이 될 수 있었다. 그중에서도 콜린스 부인의 어여쁜 친구는 특별히 그의 마음을 끌었다. 피츠윌리엄 대령이 옆에 앉아서 켄트와 하트퍼드셔 이야기며 여행 다녔던 곳과 집에서 생활하던 이야기, 그리고 새로운 책과 음악에 관한 이야기를 유쾌하게 들려주어서 엘리자베스는 그 어느 때보다 즐겁게 시간을 보낼 수 있었다. 그들이 쾌활하고 활기 있게 대화를 나누는 모습은 다아시뿐 아니라 캐서린 영부인의 주목을 끌었다. 다아시는 여러 번 호기심에 가득 찬 시선을 보냈고, 영부인도 잠시 후에 궁금증을 참지 못하고 두 사람을 향해 말했다.

"무슨 얘기를 하고 있는 거지, 피츠윌리엄? 대화의 주제가 뭐야? 베넷 양에게 하고 있는 얘기가 무슨 얘기냐?"

"음악 얘기를 하고 있었어요, 이모님."

답변을 회피할 수 없게 되자 피츠윌리엄이 대답했다.

"음악 얘기라고! 그렇다면 나도 들을 수 있게 크게 얘기해 보렴. 음악이라면 내가 제일 좋아하는 주제니까 나도 좀 끼어야겠다. 영국에서 나보다 더 음악을 즐기는 사람은 없을 거야. 음악적인 감성이 나만큼 뛰어난 사람은 몇 안 될 거다. 내가 제대로 음악을 배우기만 했더라면 분명히 굉장한 대가가 되었을 거야. 앤도 건강만 따라 주었더라면 틀림없이 훌륭한 연주자가 되었을 텐데. 조지애나는 실력이 많이 늘었니, 다아시?"

다아시는 동생의 훌륭한 연주 실력을 애정이 담긴 말로 칭찬했다.

"네가 그렇게 칭찬하는 말을 들으니까 다행이로구나. 연습을 굉장히 많이 하지 않으면 뛰어난 실력을 갖출 수 없다고 전해 주렴."

"걱정 마세요, 이모님. 그렇게 충고하시지 않아도 꾸준히 연습하고 있어요."

"연습은 많이 할수록 더 좋은 법이지. 다음번에 조지애나에게 편지 쓸 때 어떤 일이 있어도 연습을 게을리하지 말라고 당부해야겠다. 나는 젊은 아가씨들에게 꾸준하게 연습하지 않으면 훌륭한 연주를 할 수 없다고 종종 일러 준단다. 콜린스 부인에게도 더 많이 연습하지 않으면 제대로 된 연주를 할 수 없다고 여러 번 얘기했지. 콜린스 부인에게는 피아노가 없지만, 매일 로징스에 와서 젠킨슨 부인 방에 있는 피아노를 연주해도 좋다고 말했단다. 너도 알다시피 그 방에서는 누구에게도 방해가 되지 않으니까 말이다."

다아시는 이모의 무례한 말이 창피한 생각이 들었는지 아무 대꾸도 하지 않았다.

차 마시는 시간이 끝나자 피츠윌리엄 대령이 엘리자베스에게 연주를 들려주기로 한 약속을 지켜 달라고 말했다. 그녀는 곧바로 피아노 앞에 앉았다. 그러자 대령은 의자를 그녀 가까이 당겨 앉았다. 캐서린 영부인은 연주를 반 정도 듣다가 다시 다아시에게 말을 걸었다. 다아시는 영부인 곁에서 일어나 평소처럼 조심스런 태도로 아름다운 연주자의 얼굴을 정면에서 바라볼 수 있는 자리로 옮겨 앉았다. 엘리자베스는 그가 자리를 옮겨 앉는 걸 보고 연주 중간에 쉬는 틈을 타서 짓궂은 미소를 지으며 그를 돌아보고 말했다.

"그렇게 가까이 다가오셔서 제 연주를 들으시면 제가 겁낼 거라고 생각하셨나 보죠? 하지만 전 다아시 씨 동생분이 아무리 훌륭한 연주를 하신다고 해도 전혀 기죽지 않아요. 저는 다른 사람이 고의로 저를 겁주려고 하면 절대로 못 참는 못된 성질이 있거든요. 누구든 저를 위협하려 들면 저는 오히려 용기가 솟는답니다."

"굳이 오해라는 말은 하지 않겠습니다. 제가 일부러 당신을 겁주는 걸 즐긴다고 믿지는 않으실 테니까요. 엘리자베스 양을 꽤 오래 알고 지낸 터라 이따금 본인의 진심과는 다른 말을 하는 걸 큰 즐거움으로 삼으신다는 걸 알고 있습니다."

엘리자베스는 자신을 그런 식으로 해석하는 그의 말이 재미있어서 큰 소리로 웃었다. 그리고 피츠윌리엄 대령을 보면서 말했다.

"대령님의 사촌께서는 저를 아주 좋게 말씀해 주실 것 같군요. 대령님께 제가 하는 말은 한마디도 믿지 말라고 말씀하시겠죠. 제 본색을 이렇게 잘 폭로하는 분을 만나다니 정말 운이 없네요. 이곳에서는 사람들에게 꽤 괜찮은 평판을 얻고 싶었는데 말이죠. 다아시 씨, 정말 너무 잔인하신 거 아닌가요? 하트퍼드셔에서부터 알고 있던 제 약점을 모두 공개하시다니 말이에요. 하지만 그건 현명하지 못한 처사인 것 같군요. 제게 맹렬한 복수심을 불러일으키시니 드리는 말씀이에요. 저도 친척분들이 깜짝 놀라실 만한 얘기를 하지 않을 수 없게 됐네요."

"저는 조금도 두렵지 않습니다."

다아시가 미소를 지으며 말했다.

"다아시가 비난받을 일이 뭔지 들어 봅시다. 다아시가 처음 만나는 사람들 사이에서 어떻게 행동하는지 저도 무척 궁금하군요."

피츠윌리엄 대령이 큰 소리로 말했다.

"정 그러시다면 말씀드리죠. 하지만 아주 고약한 얘

기를 들으실 각오를 하셔야 할걸요. 아시겠지만 제가 처음 다아시 씨를 만난 건 하트퍼드셔의 무도회에서였어요. 그곳에서 다아시 씨가 어떻게 행동했는지 아세요? 무도회에는 남자분들이 너무 부족했는데도 겨우 네 번밖에 춤을 추지 않으셨답니다. 기분 상하게 해 드려서 죄송하지만 그게 사실인걸요. 제가 분명히 기억하는데 파트너가 없어서 춤을 추지 못하고 자리에 앉아 있어야 하는 젊은 아가씨들이 한두 명이 아니었어요. 다아시 씨, 이런 사실을 부인하지는 않으시겠죠?"

"그 파티장에는 제 일행 이외에는 제가 아는 숙녀분이 한 분도 없었습니다."

"그랬겠죠. 무도회에서는 서로 소개하지 않는 게 관례니까요. 피츠윌리엄 대령님, 다음에 무슨 곡을 연주할까요? 제 손가락이 대령님의 명령을 기다리고 있답니다."

"제가 소개를 부탁하는 게 더 현명한 태도였을지도 모르겠군요. 하지만 저는 처음 만나는 사람들 앞에 나서는 데는 워낙 소질이 없습니다."

다아시가 말했다.

"이번에는 대령님의 사촌께 그 이유를 여쭤 볼까요?"

엘리자베스는 여전히 피츠윌리엄 대령을 쳐다보며 말했다.

"지성과 교양을 갖추시고 세상 경험도 할 만큼 하신 분이 어째서 처음 만난 사람들 앞에 나서는 게 그렇게 어려운지 여쭤 보고 싶네요."

"다아시에게 물어보지 않아도 제가 대답할 수 있습니다. 그건 다아시가 굳이 그런 노력을 하지 않기 때문이죠."

피츠윌리엄의 말을 듣고 다아시가 말했다.

"어떤 사람들에게는 쉬운 능력이 제게는 없습니다. 처음 만난 사람들과 쉽게 대화를 나누는 재능 같은 것 말입니다. 제게는 처음 보는 사람들이 나누는 대화의 분위기를 파악하는 게 너무 어려운 일입니다. 그리고 다른 사람들처럼 그들의 화제에 흥미가 있는 척하지도 못합니다."

"제 손가락은 다른 여자들처럼 능수능란하게 피아노 건반 위를 움직이지 못해요. 제 손가락은 그 여성들처럼 힘있고 날렵하지 못해서 같은 곡도 그만큼 훌륭하게 표현해 내지 못하죠. 하지만 전 항상 그것이 제 자신의 잘못 때문이라고 생각했어요. 그만큼 열심히 연습하지 않았으니까요. 그렇지만 제 손가락이 다른 여자들의 손가락보다 훌륭한 연주를 할 수 있는 능력이 없다고 생각하지는 않아요."

다아시가 미소를 지으며 말했다.

"전적으로 옳은 말씀입니다. 엘리자베스 양은 자신의 시간을 훨씬 더 효과적으로 사용하신 것 같군요. 당신의 연주를 듣는 특권을 누린 사람들 중에서 그 연주가 부족하다고 생각할 사람은 없을 테니까요. 엘리자베스 양도 모르는 사람 앞에서 연주하는 건 아니고, 저도 모르는 사람들과는 대화하지 않는다는 공통점이 있네요."

그들의 대화는 캐서린 영부인이 무슨 얘기를 하고 있느냐고 물어 오는 바람에 중단되고 말았다. 엘리자베스는 곧바로 다시 연주를 시작했다. 캐서린 영부인이 다가와서 잠시 그녀의 연주를 듣더니 다아시에게 말했다.

"베넷 양은 연습을 더 많이 하고 런던에서 개인 교습을 받으면 상당히 훌륭한 연주자가 될 것 같구나. 손가락 놀림이 좋은 편이야. 물론 앤의 음악적인 감각은 따라가지 못하겠지만. 앤이 건강하기만 했다면 얼마나 훌륭한 연주자가 되었겠니."

엘리자베스는 다아시가 사촌을 칭찬하는 말에 어떻게 대답하는지 궁금해서 그를 쳐다보았다. 그러나 그에게서 사촌에 대한 애정은 전혀 찾아볼 수 없었다. 드 버그 양을 대하는 다아시의 전반적인 태도를 주의 깊게 살펴보고 나서 엘리자베스는 나름대로 결론을 내렸다. 그녀는 만일 빙리 양이 다아시의 사촌이었더라면, 그가 빙리 양과 결혼할 가능성이 그가 드 버그 양과 결혼할 가능성과 똑같았을 거라고 생각했다. 이것은 빙리 양이 들었다면 무척 위안이 되었을 만한 결론이었다.

캐서린 영부인은 엘리자베스의 연주를 듣는 내내 연주 방법과 표현 방식에 대해 자신의 견해를 늘어놓았다. 엘리자베스는 예의를 지키기 위해 간신히 그녀의 잔소리를 끝까지 참고 들어 주었다. 영부인의 마차가 집 앞에 도착할 때까지 그녀는 신사들의 요청에 따라 연주를 계속했다.

9

다음 날 아침 엘리자베스는 혼자 제인에게 편지를 쓰고 있었다. 콜린스와 마리아는 마을에 볼일이 있어서 나가고 없었다. 그때 갑자기 현관에서 초인종 소리가 들렸다. 마차 소리는 들리지 않았지만 캐서린 영부인일지도 모른다는 생각이 들어서 엘리자베스는 쓰던 편지를 얼른 치워 버렸다. 영부인이 편지 쓰는 걸 보면 또 무례하게 캐물으며 성가시게 할까 봐 걱정스러웠다. 그러나 문이 열리자 들어선 사람은 뜻밖에도 다아시였다. 엘리자베스가 혼자 있는 것을 보고 그 역시 놀란 기색으로 숙녀분들이 모두 집에 계시는 줄 알았다고 말하며 불쑥 방으로 들어온 걸 사과했다.

두 사람은 자리에 앉았다. 엘리자베스가 먼저 로징스 가족의 안부를 물었고, 다시 깊은 침묵 속에 빠져들 것 같은 어색한 순간이 흘렀다. 뭔가 할 말을 생각해 내야 할 것 같은 부담스러운 상황에서 엘리자베스는 하트퍼드셔에서 다아시를 마지막으로 만났던 순간을 떠올렸다. 그녀는 그들이 그렇게 갑작스럽게 떠난 이유에 대해 과연 그가 어떻게 말할지 궁금했다.

"다아시 씨, 지난 11월에 일행분들이 왜 그렇게 갑자기 네더필드를 떠나셨나요? 빙리 씨는 그분들을 그렇게 빨리 만나게 돼서 무척 놀라고 기뻐하셨겠죠? 제 기억으론 빙리 씨는 그 전날 떠나셨던 것 같은데. 런던에 계시는 동안 빙리 씨와 누이분들 모두 잘 지내고 계시던가요?"

"네, 아주 잘 지내고 있었습니다. 감사합니다."

그걸로 대답이 끝나 버린 것 같아 엘리자베스는 다시 덧붙였다.

"제 생각엔 빙리 씨는 다시 네더필드에 돌아올 의향이 없으신 것 같더군요."

"빙리가 직접 그렇게 말하는 건 듣지 못했지만, 앞으

로 네더필드에서는 별로 시간을 보낼 일이 없을 것 같긴 합니다. 지금도 친구들이 많지만 거기서 계속 친구들이 많아질 거고 만날 일도 많을 테니까요."

"네더필드에 오래 머물 생각이 없으시다면 아예 그 집을 나가시는 게 이웃을 위해 좋은 일 아닌가요? 그러면 다른 가족이 그 집에 눌러살 수도 있을 테니까요. 하지만 빙리 씨가 그 집에 세를 드신 건 이웃을 위해서가 아니라 자신의 편의를 위해서 한 일일 테니까 그 집을 떠나든 계속 살든 그건 그분이 결정할 일이겠죠."

"적당한 임자가 나타나면 그 집을 내놓을지도 모르겠군요."

엘리자베스는 아무 대답도 하지 않았다. 빙리에 대해 더 많은 얘기를 듣는 게 두렵기도 했고 더 할 얘기도 없었다. 화제를 찾는 부담을 다아시에게 미루는 게 나을 것 같았다. 그는 그녀의 그런 생각을 눈치채기라도 한 것처럼 이내 말을 꺼냈다.

"집이 참 아늑하군요. 콜린스 씨가 처음 헌스퍼드에 오셨을 때 캐서린 영부인이 신경을 많이 써 주신 것 같습니다."

"그런 것 같아요. 그분의 은혜를 콜린스 씨보다 더 감사하게 받아들이는 사람도 없을 거예요."

"콜린스 씨는 루카스 양 같은 아내를 얻은 걸 무척 행복해하시는 것 같더군요."

"당연하죠. 그분의 친구들도 콜린스 씨가 샬럿 같은 여자를 만난 걸 기뻐할걸요. 현명한 여자들 중에서 콜린스 씨의 청혼을 받아 줄 사람은 드물 테니까요. 청혼을 받아 준다고 해도 그분을 행복하게 해 줄 수 있는 여자는 더 드물 거예요. 샬럿은 정말 이해심이 많은 친구죠. 샬럿이 콜린스 씨와 결혼한 게 현명한 일이었는지는 잘 모르겠지만, 어쨌든 샬럿은 무척 행복해 보이는 것 같았어요. 현실적인 면에서 보면 아주 유리한 결혼인지도 모르죠."

"친정 식구들이나 친구들과 가까운 곳에서 살게 된 것도 다행스러운 일입니다."

"가까운 거리라고요? 거의 50마일이나 되는데요."

"50마일이 그렇게 먼 거리인가요? 반나절이면 갈 수 있는 거리인데요. 전 가까운 거리라고 생각합니다만."

"거리가 가깝다는 게 이 결혼의 장점 중 하나라고 생

각되지는 않아요."

엘리자베스가 목소리를 높였다.

"저는 콜린스 부인이 친정과 가까운 곳에 살게 되었다고 말할 수는 없다고 생각해요."

"그건 엘리자베스 양이 하트퍼드셔에 강한 애착을 갖고 있다는 증거입니다. 엘리자베스 양은 롱본을 조금만 벗어나도 멀게 느끼겠죠."

이 말을 할 때 다아시의 얼굴에 살짝 미소가 비쳤다. 엘리자베스는 그 미소의 의미를 알 것 같았다. 그는 엘리자베스가 제인과 네더필드를 염두에 두고 그런 말을 했다고 생각했을 것이다. 그런 생각이 들자 자기도 모르게 얼굴이 붉어졌다.

"전 여자가 결혼해서 친정 가까이 사는 게 좋다고 말씀드린 게 아니에요. 멀고 가까운 건 여러 가지 상황에 따라 달라지죠. 여행 비용이 부담이 되지 않을 만큼 돈이 많다면 거리는 문제될 게 없겠죠. 하지만 샬럿의 경우는 그렇지 않잖아요. 콜린스 씨 부부는 안정적인 수입이 있기는 하지만 자주 여행을 할 수 있을 정도로 여유가 있는 건 아니에요. 제 친구가 지금 거리의 반도 안 되는 곳에 산다고 해도 분명 친정과 가까운 곳에 산다고 할 수는 없어요."

다아시는 의자를 그녀에게로 약간 끌어당겨 앉으며 말했다.

"자기 고향에 그렇게 강한 집착을 가지시면 안 됩니다. 평생 롱본에서 살 수는 없으니까요."

엘리자베스는 깜짝 놀란 표정을 지었다. 신사 역시 어떤 감정의 변화를 느꼈는지 다시 의자를 뒤로 빼고 탁자에서 신문을 집어 들어서 훑어보면서 다소 차가운 목소리로 말했다.

"켄트 지방이 마음에 드시는지요?"

두 사람은 마음을 가라앉히고 켄트 지방에 관해 간단한 대화를 나눴다. 얼마 지나지 않아서 샬럿과 그녀의 여동생이 산책을 마치고 들어서자 두 사람의 대화가 중단되었다. 샬럿과 마리아는 그들이 단둘만 있는 모습을 보자 깜짝 놀란 표정을 지었다. 다아시는 엘리자베스가 혼자 있는 걸 모르고 실수로 들어왔다고 변명을 하고는 아무에게도 말을 건네지 않고 몇 분간 앉아 있더니 방에서 나갔다.

"이 상황이 뭘 의미하는 거지?"

다아시가 나가자마자 샬럿이 말했다.

"엘리자, 다아시 씨가 네게 반한 게 틀림없어. 안 그러면 이렇게 친한 척하면서 우리 집을 방문할 리가 없어."

그러나 다아시가 내내 침묵만 지키고 앉아 있었다고 하자, 샬럿은 자신의 바람과는 달리 다아시가 엘리자베스를 좋아하는 게 아닐 수도 있다고 생각했다. 이런저런 추측이 나온 끝에 다아시가 달리 할 일이 없어서 왔을 거라는 쪽으로 결론이 맺어졌다. 시기적으로도 1년 중에서 가장 할 일이 없는 때이기도 했다. 야외에서 운동할 수 있는 계절도 끝났고, 집 안에 캐서린 영부인의 책과 당구대가 있었지만 신사들이 하루 종일 집 안에만 있을 수도 없는 노릇이었다. 목사관이 가까운 거리에 있어서인지, 목사관으로 가는 길이 산책하기에 좋아서인지, 아니면 그 집에 묵고 있는 사람들이 마음에 들어서였는지 두 사촌은 거의 매일 목사관 쪽으로 걷고 싶은 유혹을 느꼈다. 그들은 오전 중 아무 때나 목사관을 찾아왔다. 어떤 때는 따로따로 오기도 했고 함께 오거나 이모를 모시고 오기도 했다. 피츠윌리엄 대령은 그들과 만나는 일이 즐거워서 찾아오는 것처럼 보였다. 당연히 그들도 대령에게 호감을 느꼈다. 엘리자베스는 피츠윌리엄 대령이 자신을 흠모하고 있다는 걸 느꼈고, 그와 함께 있을 때 그녀 역시 만족스러운 기분이 들었다. 이전에 호감을 가졌던 조지 위컴과 피츠윌리엄 대령을 비교해 보면, 사람의 마음을 사로잡는 부드러운 태도는 피츠윌리엄 대령이 위컴보다 부족하지만, 풍부한 식견으로는 그가 훨씬 더 우월하다고 생각했다.

그러나 다아시가 그렇게 빈번하게 목사관에 드나드는 이유는 이해가 되지 않았다. 사람들과 어울리기 위해서 오는 것 같지는 않았다. 그는 10분 동안 입 한번 열지 않고 가만히 앉아 있을 때가 많았고, 어쩌다 말을 할 때도 좋아서 하는 게 아니라 어쩔 수 없어서 하는 것처럼 보였다. 말하자면 대화가 그에게는 즐거움이 아니라 예의를 차리기 위한 희생과도 같은 것이었다. 그가 정말 활기 있고 명랑하게 보이는 때는 거의 없었다.

콜린스 부인도 그의 태도를 어떻게 받아들여야 할지 황당해했다. 피츠윌리엄 대령이 이따금 멍청하게 앉아 있는 다아시를 보고 놀려 대는 걸 보면, 그가 평상시에는 그런 태도를 보이지는 않는다는 걸 알 수 있었다. 샬럿은 그의 변화가 사랑으로 인한 것이고, 그 사랑의 대상이 자신의 친구인 엘리자라고 믿고 싶었다. 그래서 그 증거를 찾아내야겠다고 단단히 벼르고 있었다. 그녀는 그들 일행이 로징스 저택을 방문했을 때나 다아시가 헌스퍼드에 왔을 때 줄곧 그에게서 눈을 떼지 않았다. 그러나 별다른 성과를 얻어 내지는 못했다. 다아시가 엘리자베스를 자주 쳐다보는 건 확실했지만, 그의 표정으로는 속마음을 알아낼 수가 없었다. 그는 한결같이 진지하고 심각한 표정으로 엘리자베스를 바라보았지만 그 눈길 속에 열렬한 흠모의 감정이 담겨 있는지는 확실하게 알 수 없었다. 가끔은 방심한 사람처럼 멍한 표정을 지을 때도 있었다.

샬럿은 엘리자베스에게 다아시가 그녀를 좋아하고 있을지도 모른다는 말을 한두 번 꺼냈지만, 엘리자베스는 말도 안 되는 소리라며 웃어넘겼다. 콜린스 부인은 더 이상 그녀에게 그런 얘기를 하는 건 별로 좋지 않다고 생각했다. 공연히 기대에 부풀게 했다가 크게 실망하게 만들지도 모르는 일이었다. 샬럿은 다아시가 엘리자베스를 사모하고 있다는 걸 그녀가 알게 되면 지금까지 그를 싫어했던 감정이 한순간에 달라질 거라고 믿었다.

샬럿은 엘리자베스가 행복하기를 바라는 마음에서 그녀가 피츠윌리엄 대령과 결혼하는 모습을 그려 보기도 했다. 피츠윌리엄 대령은 다른 어떤 남자와도 비교할 수 없을 만큼 유쾌한 사람이었다. 게다가 엘리자베스를 흠모하는 게 분명했고, 사회적인 지위로 보아도 충분히 그녀의 짝이 될 만한 자격이 있었다. 그러나 다아시에게는 피츠윌리엄 대령의 모든 장점을 상쇄할 만한 특별한 능력이 있었다. 다아시에게는 상당히 많은 목사 추천권이 있었지만 피츠윌리엄 대령에게는 그런 권한이 전혀 없었다.

10

엘리자베스는 정원을 산책하다가 몇 번이나 불쑥 다아시와 마주쳤다. 그녀는 아무도 오지 않던 이곳에서 하필이면 그를 만나게 되다니 정말 운이 나쁘다고 생각했다. 다시 그런 얄궂은 상황이 벌어지지 않도록 하기 위해 엘리자베스는 처음 그와 마주쳤을 때 그 길은 자기가 무척 좋아하는 산책로라고 말했다. 그런데도 두 번째 그와 마주친 것은 정말 이해하기 어려운 일이었다. 엘리자베스는 그 길에서 그를 세 번째 만났다. 그가 일부러 짓궂게 그런 행동을 하는 게 아니라면, 일부러 자신에게 괴로운 상황을 만들어 내는 거라고밖에 생각할 수 없었다. 그는 엘리자베스와 마주칠 때마다 몇 마디 형식적인 인사말을 건네고 어색하게 침묵을 지키다가 가는 게 아니라, 가던 방향을 되돌려서 그녀와 함께 걷기까지 했다. 그가 별로 말을 많이 하지 않았기 때문에 엘리자베스 역시 힘들게 말을 받아 주거나 들어주는 수고를 할 필요는 없었다. 그러나 세 번째 마주쳤을 때 다아시는 서로 연관성도 없는 엉뚱한 질문을 해서 그녀를 곤혹스럽게 했다. 헌스퍼드 생활이 재미있느냐, 혼자 산책하는 걸 즐기느냐, 콜린스 씨 부부가 행복하다고 생각하느냐는 등 별로 중요하지도 않은 것들을 물었다. 로징스 저택 얘기를 할 때는 엘리자베스가 아직 그 저택에 대해 완전히 알지 못한다고 하면서 언제든 다시 켄트에 오면 그곳에 머무르기를 바란다는 의향을 내비쳤다. 피츠윌리엄 대령을 염두에 두고 하는 말일까? 뭔가 의미가 담긴 말이라면 자기와 대령의 관계가 진전될 수도 있다는 걸 암시하는 것이 분명했다. 그러자 갑자기 견딜 수 없이 피곤하다는 생각이 들었다. 목사관 맞은편에 있는 울타리 문이 보이자 그렇게 반가울 수가 없었다.

어느 날 엘리자베스는 제인이 최근에 보낸 편지를 읽

으며 산책을 하고 있었다. 제인이 쓴 편지 중 몇 구절이 우울한 그녀의 심경을 나타내는 것 같아서 그 구절에 대해 곰곰이 생각하며 걷고 있을 때였다. 이번에는 다아시가 아니라 피츠윌리엄 대령이 눈앞에 서 있었다. 엘리자베스는 얼른 편지를 감추고 억지로 미소를 지어 보이며 말했다.

"대령님도 이 길로 산책하시는 줄 몰랐네요."

"전 매년 장원을 한 바퀴 둘러보죠. 이번에도 마찬가지구요. 산책이 끝나면 목사관으로 가려던 참이었습니다. 더 멀리까지 걸어가실 생각인가요?"

"아뇨, 방금 돌아가려던 참이었어요."

그리고 그녀는 발길을 돌렸다. 두 사람은 함께 목사관을 향해 걸어갔다.

"토요일에 켄트를 떠나기로 결정하셨나요?"

"네, 다아시가 떠날 날짜를 연기하지 않으면 그럴 생각입니다. 저는 다아시가 결정하는 대로 따를 겁니다. 그 친구는 무슨 일이든 자기가 하고 싶은 대로 결정하는 성격이니까요."

"다아시 씨는 일정이 자기 마음에 들지 않아도 결정

권이 자신에게 있다는 데서 쾌감을 맛볼 수 있겠군요. 다아시 씨는 하고 싶은 대로 할 수 있는 권한이 자신에게 있다는 걸 누구보다 즐기는 사람처럼 보였어요."

"그 친구는 무슨 일이든 자기 방식대로 하는 걸 좋아하죠. 하지만 사람들이 다 그렇지 않은가요? 단지 그 친구에게는 다른 사람들보다 그렇게 할 수 있는 능력이 더 많은 것뿐이죠. 그 친구는 부자고 다른 사람들은 그렇지 못하니까요. 솔직하게 말씀드리면 차남들은 자신을 죽이고 남에게 의존하는 생활에 익숙해져야 한답니다."

"백작님의 차남이신 분이 그런 생활을 잘 아실 것 같지는 않은데요. 자신을 죽이고 남에게 의존하는 삶에 대해 정말 알고 계시는지 궁금하군요. 돈이 없어서 원하는 곳에 가지 못했다거나 갖고 싶은 걸 못 가지신 적이 있으신가요?"

"급소를 찌르는 질문이로군요. 그런 문제로 고생한 적이 많다고 할 수는 없을 것 같습니다. 하지만 그보다 더 중요한 일에서는 돈이 없어서 고통당할 때도 있습니다. 차남들은 결혼도 자기가 원하는 대로 하지 못하죠."

"재산이 많은 여자를 바라지만 않는다면 쉽게 결혼할

수 있을 것 같은데요."

"돈을 쓰는 습관도 우리 같은 남자들을 의존적으로 만들죠. 저 같은 처지에 있는 남자들 치고 돈에 신경 쓰지 않고 결혼할 수 있을 만큼 경제적으로 여유 있는 사람은 많지 않을 겁니다."

'이 말은 내게 들으라고 하는 말인가?'

엘리자베스는 속으로 그런 생각을 하며 얼굴이 붉어졌다. 그러나 곧 침착하게 명랑한 목소리로 말했다.

"그럼 백작님 차남의 몸값은 보통 얼마나 되나요? 장남이 아주 병약하지 않다면 5만 파운드 이상 요구하지는 않을 것 같은데요."

대령이 그녀의 말을 장난스럽게 받아들여서 이 이야기는 이 정도로 끝났다. 엘리자베스는 입을 다물고 있으면 방금 전에 했던 말 때문에 기분이 상했다는 오해를 받을 것 같아서 서둘러 말을 이었다.

"사촌께서 대령님을 이곳으로 데려온 것도 자기 뜻대로 따라 줄 사람이 필요하기 때문인 것 같군요. 그런 사람을 계속 옆에 두려면 결혼하는 게 좋으실 텐데. 하기는 지금 당장은 그분의 누이동생으로 충분하겠군요. 혼자 여동생을 돌보니까 무슨 일이든 자기 마음대로 결정할 수 있겠죠."

"그건 그렇지 않습니다. 다아시 양에 대한 권리는 저와 나눠 가지고 있죠. 저도 다아시와 함께 다아시 양의 후견인으로 정해져 있습니다."

"그러시군요. 어떤 후견인 역할을 하시나요? 그 역할이 많이 힘든 일인가요? 그 나이 또래 아가씨들은 다루기 힘든 경우가 많으니까요. 다아시 양도 다아시 씨와 성격이 비슷하다면 자기 마음대로 하는 걸 좋아하겠네요."

이 말을 할 때 그녀는 피츠윌리엄 대령이 자기 얼굴을 뚫어지게 쳐다보는 걸 느꼈다. 대령은 엘리자베스에게 다아시 양이 자기네들을 힘들게 할 것 같다고 말한 이유를 물었다. 엘리자베스는 그의 태도로 보아 다아시 양의 성격이 자신이 추측한 것과 다르지 않을 거라고 생각했다.

"그렇게 놀라실 건 없어요. 다아시 양에 대해 나쁜 말을 들은 적은 없으니까요. 오히려 아주 온순한 아가씨라고 들었어요. 제가 아는 숙녀분들 중에서 허스트 부인과 빙리 양은 다아시 양을 아주 좋아하시는걸요. 그분들을 대령님도 아신다고 하셨던 것 같은데."

"네, 좀 아는 사이죠. 그분들의 오빠 되시는 빙리 씨는 정말 서글서글하시고 신사다운 분이죠. 다아시하고는 둘도 없는 친구이기도 하구요."

"맞아요. 다아시 씨는 빙리 씨에게 특별히 친절하게 대하시더군요. 무척 신경을 써 주시는 것 같기도 하고."

"무척 신경 써 준다는 건 맞는 말입니다. 제가 보기에도 다아시는 그 친구의 중요한 문제에 대해서 관심이 많더군요. 여기로 오는 길에 다아시에게서 들은 얘긴데, 빙리 씨가 다아시에게서 큰 도움을 받았다고 하더라구요. 그분에게 실례가 될지도 모르는 일이라 조심스럽기는 합니다만, 제게 다아시가 말한 사람이 빙리 씨라고 단정할 권리는 없으니까요. 이건 제 추측일 뿐입니다."

"무슨 일인지 무척 궁금하군요."

"다아시는 이런 얘기가 사람들에게 알려지는 걸 원하지 않을 겁니다. 그 숙녀분의 가족들이 알게 되면 불쾌하게 생각하실 테니까요."

"절대로 다른 사람에게 말하지 않는다고 약속드릴게요."

"그 사람이 빙리 씨라고 추측할 만한 근거가 확실한 건 아닙니다. 이 점은 잊지 마셔야 해요. 다아시가 제게 한 얘기는 이것뿐입니다. 최근에 자기 친구가 경솔하게 결혼을 할 뻔했는데 천만다행으로 자기가 나서서 그 친구를 곤경에서 구해 주었다고 하더군요. 그 친구의 이름이나 다른 상세한 내용은 다아시가 말해 주지 않았기 때문에 저는 그 남자가 빙리 씨일 거라고 추측했을 뿐입니다. 빙리 씨 같은 남자라면 그런 곤경을 자초할 수도 있을 것 같았고, 두 사람이 작년 여름 내내 함께 지냈다는 사실도 알고 있었으니까요."

"혹시 다아시 씨가 그 문제에 나서게 된 이유도 말씀해 주시던가요?"

"제가 알기로는 그 아가씨 쪽에 몇 가지 결격 사유가 있었던 것 같습니다."

"그럼 다아시 씨는 두 사람을 갈라놓기 위해 어떤 방법을 쓰셨다고 하던가요?"

"그 방법은 제게 얘기하지 않았습니다."

피츠윌리엄이 웃으면서 말했다.

"제가 말씀드린 게 다아시가 제게 한 얘기의 전부입

니다."

엘리자베스는 아무 대답도 하지 않고 걸어갔다. 그녀는 분노로 가슴이 터질 것만 같았다. 잠시 그녀를 지켜보던 피츠윌리엄이 무슨 생각을 그렇게 골똘히 하느냐고 물었다.

"방금 하신 말씀에 대해서 생각하고 있었어요. 전 사촌분의 행동이 정말 마음에 안 드네요. 왜 함부로 남의 일을 판단하는 거죠?"

"다아시가 친구의 일을 간섭하는 걸 주제넘은 행동이라고 생각하시나요?"

"다아시 씨에게 친구의 감정에 대해 옳고 그른 걸 판단할 자격이 있는지 모르겠어요. 그리고 자기 판단에 따라 친구가 행복해질 수 있는 길을 결정하고 지시할 수 있는 건가요?"

엘리자베스는 여기서 잠시 마음을 가다듬고 말을 이었다.

"자세한 내막은 우리도 잘 모르니까 그분을 비판하는 건 옳은 일이 아닌 것 같군요. 적어도 두 사람의 애정이 그렇게 깊었던 건 아니라는 생각이 드네요."

"무리한 억측은 아닙니다만, 제 사촌의 행동을 가차 없이 깎아내리는 말씀이로군요."

피츠윌리엄 대령은 농담조로 대꾸했지만, 그 말을 하는 모습이 다아시를 연상시켰기 때문에 엘리자베스는 그의 말에 대꾸할 기분이 나지 않았다. 그녀는 갑자기 화제를 다른 데로 돌리고 목사관에 도착할 때까지 사소한 일에 관해 이야기를 나눴다.

피츠윌리엄 대령이 목사관을 떠나자마자 엘리자베스는 자기 방에 틀어박혀서 조금 전에 들었던 말들을 곰곰이 생각해 보았다. 피츠윌리엄 대령이 한 이야기의 주인공이 자신이 알고 있는 사람이 아닌 다른 사람일 가능성은 전혀 없었다. 이 세상에 다아시가 그렇게 막강한 영향력을 행사할 수 있는 사람이 빙리 이외에 또 있을 리가 없었다. 엘리자베스는 다아시가 빙리와 제인을 갈라놓기 위한 방해 공작에 가담했을 거라고 확신하고 있었지만, 주로 계략을 세우고 실행에 옮긴 사람은 빙리 양이었을 거라고 생각했다.

그런데 다아시가 자신의 허영심 때문에 그런 야비한 행동을 했다는 걸 알게 되었다. 그의 오만과 변덕이 제인이 지금까지 겪어 왔고 지금도 역시 겪고 있는 모든 고통의 원인이었던 것이다. 그는 세상에서 더없이 착하고 선량한 마음씨를 지닌 한 여자의 행복과 희망을 앗아 갔다. 그가 초래한 고통이 얼마나 오래 지속될지 알 수 없는 일이었다.

"아가씨 쪽에 몇 가지 결격 사유가 있었던 것 같습니다."

피츠윌리엄은 이렇게 말했다. 이 결격 사유란 아마도 삼촌 한 명은 시골 변호사고 다른 한 명은 런던의 장사꾼이라는 사실일 것이다.

'제인 언니에게는 결격 사유가 있을 리 없어. 언니는 정말 사랑스럽고 착한 여자야. 머리도 좋고, 지성적이고, 매력적인 여자야. 우리 아버지에 대해서도 반대할 이유는 없어. 좀 특이한 점이 있기는 하지만 다아시가 함부로 무시할 수 없을 만큼 현명하신 분이야. 그리고 감히 그런 인간이 따라올 수 없는 훌륭한 인품을 가지고 계셔.'

그러나 어머니를 생각하자 갑자기 자신감이 사라졌다. 그렇다고 해서 이런 것들이 다아시가 결혼을 반대하는 중요한 이유라고 생각되지는 않았다. 다아시가 자존심 상해하는 이유는 친구가 결혼하려는 여자의 집안 사람들이 교양이 부족하기 때문이 아니라 지위와 신분이 낮기 때문일 것이다. 다아시가 친구의 결혼을 훼방한 것은 그 잘난 자존심과 자기 여동생을 위해 빙리를 붙잡아 두려는 욕심 때문이라고 엘리자베스는 결론을 내렸다.

이런 생각을 하면서 엘리자베스는 너무 흥분하는 바람에 눈물을 펑펑 쏟았고 머리가 지끈지끈 아파 왔다. 저녁이 되자 두통이 더욱 심해진 데다 다아시를 다시 보고 싶은 생각이 전혀 없어서 그녀는 사촌들과 함께 로징스에 가서 차를 마시기로 한 일정에 참가하지 않기로 했다. 샬럿은 엘리자베스가 심하게 상태가 좋지 않을 걸 보고 굳이 가자고 졸라 대지 않았다. 남편에게도 강요하지 말라고 간곡하게 설득했다. 그러나 콜린스는 엘리자베스가 혼자 집에 남아 있는 것보다 캐서린 영부인이 불쾌하게 생각할 것 때문에 걱정이 되어 안절부절못했다.

11

콜린스 부부가 로징스로 떠나자 엘리자베스는 다아시에 대한 분풀이라도 하려는 듯이 제인이 켄트로 간 후에 보내온 편지를 모두 꺼내서 다시 읽기 시작했다. 제인은 빙리에 대한 미련이나 현재 겪고 있는 정신적인 고통을 직접적으로 표현하지는 않았지만, 한 문장 한 문장을 읽을 때마다 그녀 특유의 밝고 명랑한 기운이 사라져 있는 걸 느낄 수 있었다. 언제나 자신에 대해 만족하고 다른 사람에게 너그럽고 온화한 제인의 성품에서 우러나오는 밝은 분위기는 지금껏 어두운 그늘이 드리운 적이 거의 없었다. 엘리자베스는 처음 제인의 편지를 받았을 때보다 더 주의를 기울여서 자세히 읽었다.

구절구절 언니의 불안한 심경이 전해져 오는 걸 느끼면서 엘리자베스는 다아시가 언니에게 안겨 준 고통을 자랑 삼아 떠들어 댔다는 게 참을 수 없이 화가 났다. 이런 얘기를 들으면 언니의 마음이 얼마나 아플지 짐작이 가고도 남을 일이었다. 다아시가 내일모레면 로징스를 떠난다는 게 그나마 다행스러운 일이었다. 엘리자베스는 보름 후에 다시 제인을 만나면 따뜻하게 위로하고 기운을 북돋워 줘야겠다고 마음을 먹었다.

다아시가 켄트를 떠나면 그의 사촌도 함께 떠날 것이 분명했다. 이제 피츠윌리엄 대령이 자신에게 구애할 생각이 전혀 없다는 걸 알게 되었고, 한때 그에게 호감을 가진 건 사실이지만 그렇다고 실망스럽거나 우울하지는 않았다.

이런저런 생각을 정리하고 있을 때 갑자기 현관 초인종 소리가 울려서 엘리자베스는 퍼뜩 정신을 차렸다. 피츠윌리엄이 찾아왔을지도 모른다는 생각에 잠시 가슴이 설렜다. 이전에도 그가 저녁 늦게 방문한 적이 있어서 어쩌면 그녀가 아프다는 말을 듣고 들렀는지도 모른다고 생각했다.

그러나 뜻밖에도 방으로 걸어 들어온 사람은 다아시였다. 들떴던 그녀의 기분은 완전히 바닥으로 가라앉았다. 다아시는 당황스러운 태도로 몸이 어떠냐고 물어보면서 그녀의 병문안을 왔다고 말했다. 엘리자베스는 그의 말에 예의는 갖췄지만 쌀쌀맞게 대답했다. 다아시는 잠시 자리에 앉아 있더니 곧 다시 일어나서 방 안을 서성거렸다. 엘리자베스는 속으로 놀란 가슴을 다독이며 말없이 앉아 있었다. 잠시 침묵이 흐른 뒤 다아시가 불안한 표정으로 그녀에게 다가와 말문을 열었다.

"아무리 애를 써도 어쩔 수가 없었습니다. 아무 소용이 없었어요. 제 감정을 도저히 억제할 수가 없었습니다. 제가 얼마나 당신을 흠모하고 사랑하는지 말씀드리지 않을 수 없었습니다."

엘리자베스는 너무 놀라서 아무 말도 할 수가 없었다. 그녀는 멍하니 그를 쳐다보다가 자기도 모르게 얼굴이 붉어졌다. 그녀는 자기가 잘못 들은 게 분명하다고 생각하며 침묵만 지키고 앉아 있었다. 그녀의 이런 반응을 자신을 격려하는 뜻으로 받아들였는지 다아시는 주저하지 않고 그녀에 대해서 오랫동안 마음속에 품어 왔던 감정을 고백하기 시작했다.

그는 엘리자베스에 대한 애정을 표현할 때보다 자신의 민감한 자존심에 대해 얘기할 때 더 열성적이었다. 그는 자신의 집안에 불명예가 될 엘리자베스의 열등한 신분이 그의 애정을 가로막는 방해물이 되었다고 장황하게 설명을 늘어놓았다. 그의 웅변은 상처받은 자신의 자존심을 변호하기 위한 것이었지만, 엘리자베스의 마음을 얻는 데는 오히려 더 큰 걸림돌이 되었다.

엘리자베스는 다아시를 마음속 깊이 혐오하고 있었지만 그의 구애에 전혀 마음이 동요되지 않을 수는 없었다. 단 한순간도 그의 구애를 받아들이겠다는 생각을 한 적은 없었지만 그가 받았을 마음의 고통을 생각하면 연민이 느껴지기도 했다. 그러나 그가 다음에 한 말은 그나마 싹트던 연민의 감정을 단숨에 사라지게 만들고 분노의 감정만 솟아오르게 했다. 그녀는 그가 말을 끝낼 때까지 참고 기다리기 위해 무진 애를 써야만 했다.

다아시는 아무리 안간힘을 써도 자신의 사랑을 억누를 수 없었다면서 자신의 마음을 받아 주는 것으로 자신의 애정에 보답해 주길 바란다는 말로 끝을 맺었다.

그는 자신의 구애가 받아들여질 것을 조금도 의심하지 않는 것처럼 자신만만해 보였다. 입으로는 걱정스럽고 불안하다고 말했지만 그의 표정은 확신에 차 있었다. 이런 태도는 그녀를 더욱더 분개하게 만들었다. 그가 말을 끝내자 그녀는 얼굴이 벌겋게 달아오른 채 말했다.

"이런 경우 상대방이 원하는 답변을 드릴 수 없더라도 구애해 주신 데 대해 감사의 마음을 표현하는 게 관례겠죠. 감사함을 느끼는 게 자연스러운 일이고, 제가 감사하게 느낀다면 당연히 지금 감사를 표현할 겁니다. 하지만 그럴 수가 없네요. 저는 당신이 저를 좋게 봐 주시길 원한 적이 한 번도 없었고, 당신 역시 원하지 않았지만 어쩔 수 없이 저에게 애정을 갖게 되신 거니까요. 누구에게든 고통을 드렸다면 저로선 미안한 일입니다. 하지만 그건 제가 전혀 모르는 상태에서 일어난 일이고, 그런 고통이 오래가지 않으셨으면 좋겠네요. 그 고통으로 인해 당신의 감정을 인정하는 데 오랫동안 방해가 되었다면, 이제 제 설명을 들으셨으니 그 고통을 극복하는 일이 그렇게 어렵지는 않을 겁니다."

다아시는 벽난로 선반에 몸을 기대고 선 채 그녀의

얼굴을 뚫어지게 응시하며 그녀의 말을 듣고 있었다. 그는 그녀의 말을 들으며 놀라기보다는 화가 난 표정이었다. 그의 얼굴은 화가 나서 창백해졌고 당혹스러워하는 기색이 역력했지만 태연하게 보이려고 무진 애를 쓰는 것 같았다. 그 시간이 엘리자베스에게는 견딜 수 없이 고통스러운 순간이었다. 겨우 냉정을 되찾았다고 생각하자 그가 드디어 입을 열었다.

"이것이 제가 그렇게 고대해 왔던 대답이로군요. 전혀 예의를 차릴 여유도 없이 저를 그렇게 단호하게 거절하시는 이유를 알 수 있을까요? 하지만 그런 건 그다지 중요한 문제는 아닙니다."

"저도 묻고 싶네요. 저를 불쾌하게 하고 모욕감을 느끼게 할 걸 알면서도, 자신의 의지에 어긋나고, 이성에도 어긋나고, 심지어 자신의 인격에도 어긋나지만 어쩔 수 없어서 저를 좋아한다고 고백하시는 이유를 말이에요. 제가 무례했다면 이게 제 무례함에 대한 핑계가 될 수 있을지 모르겠군요. 제가 당신의 구애를 거절하는 데는 다른 이유도 있어요. 당신도 알고 계실 거예요. 제가 만일 다아시 씨를 싫어하지 않았다고 하더라도, 아니 무관심하거나 설사 호감을 갖고 있었다고 하더라도, 제가 세상에서 가장 사랑하는 언니의 행복을 망쳐 버리고 어쩌면 영원히 망쳐 버릴 수도 있는 사람의 구애를 받아들일 거라고 생각하셨나요?"

이 말을 할 때 다아시의 안색은 확연히 달라졌다. 그러나 그는 금방 그런 표정을 감추고 그녀가 끝까지 얘기하도록 묵묵히 그녀의 말을 듣고 있었다.

"제가 다아시 씨에게 좋지 않은 감정을 가질 이유는 충분하다고 생각해요. 다아시 씨의 부당하고 비열한 행동은 어떤 이유로도 변명이 될 수 없어요. 두 사람을 갈라놓는 짓을 다아시 씨 혼자 하지 않았다고 하더라도, 직접 주동했다는 사실은 부인하실 수 없겠죠. 친구분은 변덕스럽고 줏대 없는 사람이라는 세상의 비난을 받게 하고, 제 언니는 남자에게 차였다는 세상의 조롱을 당하게 하셨어요. 다아시 씨는 결국 두 사람을 모두 비참한 지경으로 몰아간 거예요."

여기서 엘리자베스는 말을 멈추었다. 다아시가 자책감을 느끼고 동요하는 기색이 전혀 없는 걸 보자 화가 치밀어 올랐다. 그는 심지어 그녀의 말을 믿을 수 없다는 표정으로 알 수 없는 미소까지 머금은 채 그녀를 쳐다보고 있었다.

"그런 행동을 하셨다는 걸 부인할 수 있으신가요?"

그녀가 다시 물었다. 그는 짐짓 태연을 가장하며 대답했다.

"제 친구를 엘리자베스 양의 언니에게서 떼어 놓기 위해 가능한 노력을 다했다는 것과 그 노력이 성공한 걸 다행으로 여긴다는 점을 부인하지는 않겠습니다. 하지만 제가 그렇게 한 건 저 자신을 위해서가 아니라 그 친구를 위해서 한 일이었습니다."

엘리자베스는 그의 진지한 말을 무시하는 척했지만, 어느 정도 그 의미를 알아차릴 수는 있었다. 그렇다고 그녀의 감정이 누그러진 것은 아니었다.

"제가 다아시 씨를 싫어하는 감정을 갖게 된 건 비단 이 일 때문만은 아니에요. 이 일이 있기 오래전부터 저는 다아시 씨가 어떤 분인지 저 나름대로 결론을 내렸어요. 몇 달 전에 위컴 씨에게서 들은 이야기로 다아시 씨가 어떤 인격을 가진 사람인지 밝혀졌으니까요. 이 일에 관해서는 어떻게 말씀하실 건가요? 이번엔 어떤 우정을 가장해서 자신을 변명하실 거죠? 아니면 어떻게 사실을 왜곡해서 사람들을 기만하실 건가요?"

"엘리자베스 양은 그 사람의 문제에 관심이 많으시군요."

다아시가 얼굴이 상기된 채 약간 흥분한 어조로 말했다.

"그분이 어떤 불행을 겪었는지 아는데 어떻게 관심을 갖지 않을 수가 있겠어요?"

"그의 불행이라고요?"

다아시가 빈정대듯이 그녀의 말을 반복했다.

"그럼요, 정말 엄청난 불행을 겪으셨죠. 그렇게 만든 사람이 바로 다아시 씨 아닌가요?"

엘리자베스가 목소리에 힘을 줘 말했다.

"다아시 씨는 그분을 지금처럼 가난한 형편으로 몰아넣으셨죠. 물론 상대적으로 가난하다는 말이지만, 그분이 받게 되어 있던 권리를 빼앗아 간 사람이 바로 다아시 씨라면서요. 위컴 씨가 가장 행복해야 할 시기에 그분이 당연히 받아야 할 재정적인 자립을 빼앗았다죠. 이 모든 일을 다아시 씨가 하셨다면서요. 그러면서도 그분의 불행을 경멸하고 비웃는 말투로 얘기할 수 있는 사람이 바로 다아시 씨예요."

다아시는 방 안을 빠른 걸음으로 서성거리며 큰 소리로 말했다.

"엘리자베스 양이 저를 이렇게 생각하고 계신 줄은 몰랐습니다. 저를 이렇게 형편없는 사람으로 평가하고 계셨군요. 제가 알아들을 수 있도록 충분히 설명해 주신 걸 감사드려야겠네요. 그렇게 생각하신다면 제 잘못이 정말 큰 것 같습니다. 그렇지만……."

그는 걸음을 멈추고 그녀를 돌아보며 말을 이었다.

"제 청혼이 당신의 자존심을 상하게 하지 않았다면 이런 잘못을 묵인하고 넘어가셨을지도 모르겠다는 생각이 듭니다. 제가 청혼을 오랫동안 망설였던 이유를 솔직하게 고백해서 당신의 자존심을 건드리지 않았다면 말입니다. 만일 제가 좀 더 머리를 써서 제 마음속의 갈등을 숨기고, 이성적으로나 현실적으로나 어떤 면으로든 전혀 흠잡을 데 없는 완전한 사랑 때문에 당신에게 청혼하는 거라고 말씀드려서 당신의 자존심을 지켜 드렸다면 이렇게 혹독한 비난은 면할 수 있었을 겁니다. 하지만 전 어떤 종류의 가식이든, 가식적인 건 혐오합니다. 제가 말씀드렸던 감정을 수치스럽게 생각하지도 않습니다. 그런 감정을 갖는 건 자연스럽고 당연한 일이니까요. 제가 당신 집안이 열등하다는 사실을 기뻐할 거라고 기대하시나요? 저보다 비교할 수 없을 만큼 신분이 낮은 집안과 맺어지는 걸 자축이라도 할 거라고 생각하십니까?"

엘리자베스는 시시각각 커져 가는 분노를 간신히 삼키면서 침착함을 잃지 않으려고 이를 악물었다.

"다아시 씨, 당신의 고백하는 태도 때문에 제가 화가 난 거라고 생각하신다면 그건 오해예요. 물론 당신이 좀 더 신사다운 태도를 보이셨다면 거절할 때 미안한 감정을 느꼈을지도 모르죠. 하지만 그런 수고마저 덜어주신 것 이외에는 전혀 아무 영향도 미치지 못했어요."

그녀는 이 말을 듣고 당혹스러워하는 다아시의 표정을 놓치지 않았다. 그러나 그는 아무 말도 하지 않았고 그녀는 계속 말을 이었다.

"당신이 어떤 방법으로 청혼을 하셨더라도 제 마음을 움직이지 못했을 거예요."

다시 그가 놀라는 표정을 지었다. 도저히 믿을 수 없다는 표정과 굴욕감을 참지 못하는 표정이 뒤섞여 있었다. 그녀는 그런 다아시의 표정을 무시하고 말을 계속했다.

"처음부터, 그러니까 다아시 씨를 알게 된 그 순간부터 저는 당신의 태도를 보고 오만하고 잘난 척하고 다른 사람의 감정을 무시하는 사람이라고 확신했어요. 그런 거부감이 바탕에 깔려 있는 데다 그 후에 일어난 일들이 당신에 대한 혐오감을 굳어지게 했죠. 그러니까 당신을 알게 된 지 한 달도 안 돼서 저는 당신하고는 어떤 일이 있어도 결혼하지 않을 거라고 마음먹었어요."

"말씀 잘 알아들었습니다. 당신이 제게 어떤 감정을 갖고 계신지 충분히 이해할 수 있을 것 같습니다. 이제 제가 가졌던 감정을 부끄러워할 일만 남은 것 같군요. 이렇게 시간을 많이 뺏은 걸 용서해 주십시오. 부디 건강하시고 행복하시길 빌겠습니다."

그는 이 말을 마치고 황급히 방을 빠져나갔다. 다음 순간 그가 현관문을 열고 집을 떠나는 소리가 들렸다.

그녀는 너무 혼란스럽고 고통스러웠다. 몸을 제대

로 가눌 수 없을 정도로 기운이 빠져서 그녀는 그 자리에 주저앉은 채 반 시간 동안 울었다. 자신에게 일어난 일을 돌이켜 보면 볼수록 점점 더 놀랍고 당황스럽기만 했다. 다아시한테서 청혼을 받다니! 그가 그렇게 여러 달 동안 자신을 사랑하고 있었다니. 집안이 좋지 않다는 이유로 친구와 제인의 결혼을 반대했던 그가, 똑같이 힘든 조건이 분명한데도 그런 모든 불리한 조건을 극복하고 자신과 결혼하기를 원할 만큼 자신을 사랑하고 있었다니. 도저히 믿을 수 없는 일이었다.

자신이 전혀 의식하지 못하는 사이에 다아시에게 강렬한 애정을 불러일으켰다는 사실이 그녀의 자존심을 어느 정도 만족시켜 주는 건 부인할 수 없었다. 그러나 그의 오만하고 가증스러운 성격과 제인에 관한 일을 당당하게 인정하고, 변명조차 하지 않는 뻔뻔함과 자만심, 그리고 위컴에 관한 일을 얘기할 때의 냉정하고 무자비한 태도를 생각하면 그의 애정이 잠시 불러일으켰던 동정심은 한순간에 사라져 버렸다.

그녀는 격앙된 감정에 휩싸여 한참 동안 깊은 생각에 빠져 있었다. 그러다가 캐서린 영부인의 마차 소리가 들리자 황급히 자기 방으로 돌아갔다. 샬럿이 자신의 모습을 보면 수상쩍게 생각하고 캐물을 게 걱정되었기 때문이었다.

12

다음 날 아침, 엘리자베스는 지난밤 잠을 이루지 못하고 뒤척이다가 간신히 눈을 감았을 때 했던 생각을 하면서 잠에서 깨어났다. 아직도 어제 일의 충격이 가라앉지 않아서 다른 일은 아무것도 생각할 수 없었고, 아무 일도 손에 잡히지 않을 것 같았다. 그녀는 아침 식사를 마치자마자 밖으로 나가 바람을 쐬며 산책을 하기로 했다.

좋아하는 산책로로 걸어가다가 다아시가 가끔 그곳에 온다는 생각이 들자 엘리자베스는 걸음을 멈추고 공원으로 들어서는 대신 큰길에서 멀리 떨어진 오솔길을 따라 걸어갔다. 공원 울타리 역할을 하고 있는 오솔길을 걷다가 공원으로 통하는 문 앞을 지나쳐 갔다. 오솔길을 걸으면서 상쾌한 아침 공기를 쐬다 보니 기분이 좀 나아지는 것 같았다. 그녀는 갑자기 공원 안을 들여다보고 싶다는 생각이 들어 문 앞에 멈춰 섰다.

켄트에서 5주를 지내는 동안 주변의 자연 풍경은 많이 달라져 있었다. 철 이른 나무들이 매일 초록빛을 더해 가는 모습이 싱그러움을 더해 주었다. 엘리자베스가 다시 걸음을 옮기려고 할 때, 공원 가장자리를 에워싸고 있는 키 작은 나무들 사이로 얼핏 한 남자의 모습이 스쳐 갔다. 그 남자는 엘리자베스가 있는 쪽으로 다가오고 있었다. 다아시일지도 모른다는 생각에 그녀는 곧바로 되돌아서서 잰걸음으로 걸어갔다. 그러나 남자는 이미 그녀를 충분히 알아볼 수 있을 만큼 가까운 거리에서 빠른 걸음으로 다가오며 그녀의 이름을 부르고 있었다. 그녀는 이미 돌아서 있는 상태였지만, 자기를 부르는 사람이 다아시라는 걸 알고 못 들은 척하며 공원 입구를 향해 계속 걸어갔다. 그러나 두 사람은 동시에 문 앞에 이르렀다. 그때 다아시가 불쑥 엘리자베스에게 편지 한 통을 내밀었다. 그녀가 얼떨결에 편지를 받아

들자 그는 거만하고 침착한 표정으로 말했다.

"혹시 만날 수 있을까 해서 한참 동안 숲속을 걷고 있었습니다. 이 편지를 읽어 주시면 영광이겠습니다."

그러고는 가볍게 목례를 하고 돌아서서 숲속으로 들어가 잠시 후 모습을 감추었다. 엘리자베스는 편지 내용이 결코 기분 좋은 것은 아닐 거라고 생각했지만, 강렬한 호기심이 일어났다. 놀랍게도 봉투 안에는 빽빽하게 글씨를 채운 편지지 두 장이 들어 있었고, 그걸로도 부족했는지 봉투에까지 글씨가 쓰여 있었다. 엘리자베스는 오솔길을 걸어 나오면서 편지를 읽기 시작했다. 편지는 로징스에서 아침 8시에 쓴 걸로 되어 있었다.

이 편지를 받고 어젯밤에 당신을 몹시 불쾌하게 했던 제 감정을 다시 말씀드리거나 다시 청혼을 할 거라는 염려는 내려놓으시기 바랍니다. 이 편지가 우리 두 사람의 행복을 위해서 빨리 잊어버리는 편이 좋을 만한 일들을 다시 반복해서 당신을 괴롭히거나 제 자신을 비참하게 만들려는 의도로 쓰인 게 아니라는 걸 말씀드립니다. 제 성격상 이 편지를 쓰고 당신에게 읽어 주실 것을 요구하지 않을 수가 없었습니다. 그렇지 않았다면 제가 이 편지를 쓰고 당신에게 읽게 하는 수고를 부탁할 일은 없었겠지요. 제 마음대로 당신께 읽어 주시길 요구하는 무례함을 용서해 주시기 바랍니다. 당신이 이 편지를 읽을 기분이 아니라는 건 알지만 부디 관용을 베풀어 주시길 부탁드립니다.

지난밤에 당신은 제가 두 가지 잘못을 저질렀다고 비난하셨습니다. 그것은 전혀 성질이 다르고 중요성 또한 매우 다른 문제들이었습니다.

먼저 말씀하신 것은 제가 당사자의 감정을 무시한 채 빙리 씨를 언니분에게서 떼어 놓았다는 것이었고, 다른 한 가지는 제가 명예와 신의를 저버리고 위컴 씨에게서 여러 가지 권리를 빼앗아 그 당시 그의 행복을 짓밟고 미래의 희망마저 망쳐 버렸다는 것이었습니다.

위컴 씨는 제 친구이자 제 부친께서 무척이나 아끼시던 청년이었습니다. 그는 우리가 후원하지 않으면 의지할 곳이 없는 처지였기에 오직 우리의 후원

만을 기대하며 성인으로 자라났습니다. 그런 친구를 타당한 이유 없이 고의적으로 내팽개쳐 버렸다면 그야말로 패륜이라고 할 수밖에 없을 것입니다. 그것은 고작해야 몇 주 동안 애정을 품어 온 두 젊은이를 헤어지게 만든 것과는 비교할 수 없을 만큼 악랄한 행위일 것입니다.

그렇지만 제 행동과 동기를 설명한 편지를 읽으시고 두 가지 문제에 관해 당신이 지난밤 제게 하셨던 통렬한 비판을 거두어 주시길 바랍니다. 저의 입장에서는 당연히 제 감정을 설명할 수밖에 없지만, 그것이 당신을 불쾌하게 한다면 죄송하다고 말씀드릴 수밖에 없군요. 저로서는 불가피한 일이라서 더 이상 사과를 드리는 것도 적절치 못한 것 같습니다.

빙리가 롱본의 아가씨들 중에서 엘리자베스 양의 언니분을 가장 좋아한다는 건 저 역시 하트퍼드셔에 간 지 얼마 안 되어서 알게 된 사실이었습니다. 그러나 네더필드에서 무도회가 열리던 저녁, 저는 그의 감정이 진지한 애정일지도 모른다는 생각을 하게 되었습니다. 저는 전에도 그가 종종 사랑에 빠진 걸 보았습니다. 그 무도회에서 제가 영광스럽게도 당신과 춤을 추고 있는 동안, 우연히 윌리엄 루카스 경에게서 언니분에 대한 빙리의 관심이 결혼에 대한 기대로까지 발전했다는 것을 처음 알게 되었습니다. 그분은 두 사람의 결혼을 기정사실로 생각하면서 결혼 날짜를 잡을 일만 남았다고 하시더군요.

그때부터 저는 제 친구의 행동을 주의 깊게 관찰했습니다. 그리고 베넷 양을 제가 보았던 다른 경우보다 훨씬 더 좋아하고 있다는 걸 알게 되었습니다. 그리고 저는 언니분도 유심히 지켜보았습니다. 그분의 외모와 몸가짐은 더없이 솔직하고 명랑하고 매력적이었지만, 특별히 제 친구를 좋아한다는 느낌은 받지 못했습니다.

그날 저녁, 언니분을 자세히 살펴본 결과, 저는 그분이 빙리의 관심을 기쁘게 받아들이기는 하지만 특별한 감정을 갖고 있는 건 아니라고 확신하게 되었습니다. 이 점에 대해 당신이 잘못 아신 게 아니라면 분명 제가 잘못 본 거겠죠. 언니분에 대해서 당신이 저보다 더 잘 아실 테니까 제가 잘못 봤을 가능성이 더 높을 것입니다. 그렇다면 제 잘못으로 인해 언니분께 고통을 안겨 드렸다는 점에서 당신이 분개하시는 것도 당연한 일입니다.
그러나 제가 주저 없이 말씀드릴 수 있는 건, 언니분의 태도가 워낙 차분했기 때문에 아무리 예리한 관찰자라도 그분이 상냥한 성품을 지녔지만 마음을 얻기는 쉽지 않은 분이라고 생각했을 거라는 사실입니다. 그분이 제 친구에게 관심이 없다고 믿고 싶었던 건 사실이지만, 감히 말씀드릴 수 있는 건 제 탐색과 결정이 제 바람이나 염려의 영향을 받지는 않는다는 겁니다. 제가 그러길 바랐기 때문에 그분이 무관심하다고 믿은 게 아니라, 객관적인 확신과 합리적인 근거가 있어서 그렇게 믿었던 것입니다.
제가 결혼을 반대했던 이유는 어제저녁 제가 말씀드린 신분의 차이 때문만은 아니었습니다. 저는 강렬한 사랑의 감정으로 그 장애를 물리칠 수 있었지만, 제 친구에게는 언니분의 집안이 좋지 않다는 점이 제 경우처럼 큰 악조건은 아니었습니다. 제가 반대한 데에는 또 다른 이유가 있었습니다.
그 이유는 제게도 똑같이 관련되는 문제이고 아직도 해결되지 않은 문제입니다. 그러나 제가 당장 직면한 일이 아니기에 저로서는 간과하려고 노력했습니다. 하지만 간략하게라도 이 문제를 짚고 나가지 않을 수 없군요.
엘리자베스 양 어머니의 집안도 결혼을 반대할 만한 사유가 되지만, 그건 다른 문제에 비하면 지극히 사소한 문제입니다. 당신의 어머니와 세 명의 여동생들은 빈번하게 전혀 교양을 찾아볼 수 없는 행동을 하셨고, 때로는 당신의 아버지께서도 무례함을 드러내 보이셨습니다. 용서하시기 바랍니다. 당신의 기분을 상하게 해 드릴 수밖에 없다는 게 저 역시 고통스럽습니다. 당신 가족의 결함을 제게서 듣는다는 것이 무척 속이 상하고 불쾌하시겠지만, 당신과 언니분은 그런 비난을 받을 만한 행동을 전혀 하지 않으시기 때문에 모든 사람에게 훌륭한 성품과 교양을 인정받고 있다는 걸로 위안을 삼으셨으면 합니다.

그날 저녁에 일어난 일을 보면서 저는 당신 가족에 대한 견해를 굳히게 되었고, 제 친구를 최악의 불행한 결혼에서 구해 내야겠다는 마음이 점점 절박해졌다는 것까지만 말씀드리겠습니다. 당신도 기억하시겠지만 그다음 날 빙리는 곧 돌아올 계획으로 런던으로 떠났습니다.

이제부터 제가 했던 행동에 대해 말씀드리겠습니다. 빙리의 누이들도 저와 마찬가지로 두 사람의 관계를 불안하게 생각했습니다. 우리는 곧 서로의 생각이 일치한다는 걸 알게 되었고, 하루빨리 두 사람을 떼어 놓기 위해서 그를 뒤따라 런던으로 가기로 결정했습니다. 그렇게 우리는 런던으로 갔고 저는 제 친구에게 그 결혼의 나쁜 점을 지적해 주는 역할을 떠맡았습니다. 저는 그 결혼을 해서는 안 되는 이유를 진지하게 설명하고 설득했습니다. 제 설득이 그의 결심을 흔들리게 하고 지연시킬 수 있었는지는 모르지만, 제가 주저 없이 당신의 언니가 그를 좋아하지 않는다는 사실을 강조하지 않았더라면 결국 그 결혼을 막을 수 없었을 거라고 생각합니다. 그는 자신과 똑같은 감정은 아니더라도 언니분 역시 자신의 애정에 진실하게 반응할 거라고 믿고 있었습니다.

그러나 빙리는 천성이 겸손한 친구여서 자신의 판단보다는 제 판단을 더 의지하는 편입니다. 그가 자신을 기만하고 있다고 설득하는 건 그다지 어려운 일이 아니었습니다. 일단 그런 확신을 주고 나자 그를 설득해서 하트퍼드셔로 돌아가지 않게 하는 건 아주 쉬운 일이었습니다. 스스로 이런 행동을 한 것에 대해 그다지 저 자신을 비난하지 않습니다.

제 행동을 전반적으로 돌이켜 봤을 때 한 가지 떳떳하지 못한 점이 있다면, 그것은 일부러 당신의 언니가 런던에 있다는 사실을 빙리에게 감추려고 했다는 사실입니다.

빙리 양처럼 저도 언니가 런던에 오신다는 사실을 알고 있었지만, 빙리는 아직 모르고 있었습니다. 두 사람이 만나도 잘못될 염려는 별로 없었지만, 제가 보기에 빙리의 애정이 언니분을 만나도 전혀 동요하지 않을 만큼 완전히 식어 버린 것 같지는 않았습니다. 그 사실을 빙리에게 감추고 속인 것은 제 품위를 손상시키는 일이었을 겁니다. 하지만 저는 그렇게 했고 그것이 최선의 방법이라고 생각했습니다. 그 문제에 대해서는 더 이상 드릴 말씀도, 더 사과드릴 것도 없습니다. 언니의 마음에 상처를 입혔다면 저도 알지 못하고 한 일이었으며, 제가 그런 행동을 하게 된 동기가 당신에게는 당연히 부당하게 생각되겠지만, 저로서는 비난받을 이유가 없다고 생각합니다.

저를 더 혹독하게 비난하신 다른 문제는 제가 위컴 씨에게 피해를 입혔다는 것이었습니다. 이 점은 위컴 씨와 제 가족과의 관계를 상세하게 말씀드려야만 반박할 수 있을 것 같습니다. 위컴 씨가 특별히 어떤 문제로 저를 비난했는지는 모르겠지만, 제가 하려는 얘기가 사실이라는 건 진실성을 확신할 수 있는 증인을 몇 사람이라도 불러서 바로 증명할 수 있습니다.

위컴 씨의 부친은 매우 훌륭한 분이셨고 몇 년 동안

펨벌리의 재산을 관리해 주셨습니다. 그분은 자신이 맡은 일을 매우 성실하게 해 주셔서 제 부친께서는 그분에게 많은 도움을 주고 싶어 하셨습니다. 그리고 그분의 대자인 조지 위컴 씨에게도 관대한 친절을 베푸셨습니다.

제 부친께서는 그의 학비를 지원해 주셨고 케임브리지에서 공부하던 중요한 시기에도 지원을 아끼지 않으셨습니다. 그의 부친은 아내의 낭비벽 때문에 항상 가난하셨기 때문에 아들을 신사로 교육시킬 능력이 없었습니다. 제 부친께서는 항상 예의 바르고 쾌활한 그 청년을 매우 좋아하셨고, 그를 아주 높게 평가하셔서 성직을 직업으로 삼기를 바라셨고, 그런 자리를 마련해 줄 생각도 하셨습니다. 그러나 저는 오래전부터 그를 전혀 다른 관점으로 보기 시작했습니다. 그는 자신의 무절제한 생활을 가장 친한 친구인 저에게도 조심스럽게 숨겨 왔습니다. 그러나 그와 같은 연배이고 그의 적나라한 모습을 볼 기회가 많았던 제 눈을 피해 갈 수는 없었습니다. 제 부친은 당연히 그럴 기회가 없으셨죠.

다시 한 번 당신에게 고통을 드리게 되겠군요. 그 고통이 어느 정도인지는 저도 모르겠습니다만 위컴 씨에 대한 당신의 감정이 어떤 것이든, 저는 그의 본성에 대해 신뢰하지 않기 때문에 그의 본모습을 밝힐 수밖에 없습니다. 이런 말씀을 드리는 데는 다른 이유가 있습니다.
제 존경하는 부친께서는 5년 전쯤에 돌아가셨습니다. 위컴 씨에 대한 그분의 애정은 마지막까지 변함이 없으셔서 저에게 남긴 유언장에 그가 성직에서 최고의 자리에 오를 수 있도록 도와주고, 그가 성직자가 되면 상당한 수입이 보장되는 목사직이 나오는 대로 그를 임명하라는 내용을 명시하셨습니다. 그리고 1,000파운드의 유산까지 남기셨죠. 제 부친께서 돌아가신 지 얼마 안 되어 위컴 씨의 부친께서도 돌아가셨습니다.
그리고 이런 일이 일어난 지 반년도 못 되어서 위컴 씨는 제게 성직자가 되지 않기로 결심했다는 편지를 보내왔습니다. 그는 자신이 받을 수 없게 된 성직 우선 임명권 대신 당장 금전적인 혜택을 받을 수 있게 해 달라면서 자신의 요구를 부당하게 생각하지 말아 달라고 부탁했습니다. 그리고 법학을 공부할 의향이 있는데 1,000파운드의 이자로는 충분하지 않다는 걸 저도 알 거라고 덧붙였습니다. 저는 그의 말이 진실이라고 믿기보다는 진실이길 바라는 심정이었습니다. 어쨌든 저는 그의 제안에 따를 용의가 충분히 있었습니다. 위컴 씨는 성직자가 되어서는 안 될 사람이라는 걸 알고 있었으니까요. 그 문제는 곧 해결되었습니다. 그는 목사직을 받을 수 있는 상황이 된다고 해도 성직에 관한 권리를 모두 포기하겠다는 조건으로 3,000파운드를 받았습니다.

그렇게 해서 우리 사이의 관계는 모두 해결되었다고 생각했습니다. 저는 그를 좋게 생각하지 않았기 때문에 펨벌리로 초대하거나 런던에서 교제하는 걸 허용하지 않았습니다. 제가 알기로는 그는 주로 런던에서 생활했지만 법학을 한다는 건 구실에 지나지 않았고, 모든 속박에서 자유로워지자 나태하고 방탕한 생활을 했습니다.

저는 3년 정도 그의 소식을 듣지 못했습니다. 그런데 그가 성직자가 되면 계승하기로 되어 있던 교회의 목회자가 돌아가시고 나자, 그는 그 자리를 자신이 맡게 해 달라는 편지를 보내왔습니다. 그는 자신이 무척 곤궁한 처지에 빠졌다고 말했습니다. 저는 당연히 그럴 거라고 생각했죠. 그는 법학이 자기에게는 맞지 않는 학문이라는 걸 깨달았고, 제가 그 자리에 자신을 임명해 준다면 다시 목사가 되기로 굳게 결심했다고 말했습니다. 달리 추천할 만한 사람도 없고, 존경하는 제 부친의 유지를 잊었을 리도 없기 때문에, 제가 당연히 그를 그 자리에 임명할 거라고 믿는다고 했습니다. 저는 그의 부탁을 거절했고 여러 번 간청하는데도 물리쳤다고 저를 비난하시지는 않을 거라고 생각합니다.

저에 대한 그의 원망은 그의 처지가 곤궁할수록 더 심해졌죠. 그리고 저를 혹독하게 비난하는 것만큼 다른 사람들에게도 저를 나쁘게 말하고 다녔습니다. 그 이후로 그와 저 사이에는 모든 관계가 단절되었습니다.

그가 어떤 생활을 했는지 저는 모릅니다. 그런데 지난해 여름 그는 다시 제 삶에 끼어들어서 제게 큰 고통을 안겨 주었습니다. 저는 지금 기억하고 싶지 않은 일을 말씀드리지 않을 수 없습니다. 현재와 같은 상황만 아니라면 누구에게도 밝히고 싶지 않은 일입니다. 이렇게까지 말씀드렸으니 비밀을 반드시 지켜 주실 거라고 믿습니다.
제게는 저보다 열 살 어린 여동생이 한 명 있습니다. 그 아이는 제 어머니의 조카인 피츠윌리엄 대령과 제가 함께 후견인을 맡게 되어 있습니다. 1년쯤 전에 제 동생이 학교를 마치자 런던에 살 집을 구했습니다. 지난해 여름 제 동생은 교육을 맡아 주는 영이라는 부인과 함께 램스게이트로 갔습니다. 그런데 그곳에 위컴 씨가 나타난 겁니다. 그것이 계획적인 일이었다는 건 그와 영 부인이 이전부터 아는 사이였다는 사실로 발각이 났습니다. 안타깝게도 우리가 영 부인에게 완전히 속았던 겁니다. 그 부인은 위컴이 조지애나에게 접근하는 걸 묵인하고 도와주기까지 했습니다. 조지애나는 어릴 때 자신에게 친절하게 대해 주던 그의 기억을 간직하고 있었고, 그와 사랑에 빠졌다고 믿어 둘이 함께 도망치기로 했습니다. 그때 조지애나가 겨우 열다섯 살이었다는 게 변명이 될지 모르겠습니다. 어쨌든 그 애가 어리석었던 겁니다.

다행스럽게도 그들의 도피 행각을 미리 제게 알려 준 사람은 바로 제 동생이었습니다. 두 사람이 도망가기로 한 이틀 전에 저는 갑자기 동생이 살고 있는 집에 들르게 되었습니다. 조지애나는 아버지처럼 존경하던 오빠를 슬프고 화나게 할 거라는 부담감을 견디지 못하고 모든 사실을 저에게 털어놓았습니다. 그때 제 기분이 어땠고 제가 어떤 행동을 했을지 상상하실 수 있을 겁니다. 제 동생의 명예와 감정을 다치지 않게 하기 위해서 이 사실을 공개적으로 폭로하지는 않았지만, 위컴 씨에게 편지를 써서 그곳을 당장 떠나게 했습니다. 그리고 영 부인은 당연히 파면했습니다. 위컴 씨의 주된 목적은 의심할 것도 없이 3만 파운드인 제 동생의 재산이었습니다. 저에 대한 복수심 또한 강한 동기가 되었을 거라고 짐작합니다. 그의 계획이 이루어졌더라면 그야말로 정말 완벽한 복수가 되었겠죠.
위컴 씨와 저 사이에 있었던 모든 일들을 충실하게 설명해 드렸습니다. 제 얘기가 사실이라는 걸 완전히 부인하시지 않는다면, 위컴 씨에게 제가 비열한 행동을 했다는 혐의에 대해 무죄 판결을 내려 주시길 바랍니다. 그가 당신에게 어떤 방법으로 어떤 거짓말로 속임수를 썼는지는 모르겠지만, 그가 당신을 속이는 데 성공한 것도 놀랄 일은 아니라고 생각합니다. 당신은 그 문제에 대해 전혀 아는 게 없는 상황에서 그의 거짓을 간파할 수 없었을 것이고, 당신의 성격상 의심할 수도 없었을 것입니다.
제가 어젯밤에 왜 이런 얘기를 하지 않았는지 의아해하실지도 모르겠습니다. 저는 어제 자신을 통제할 수가 없어서 어디까지 진실을 밝혀야 하는지 판단이 서질 않았습니다.
제가 지금 말씀드린 모든 것의 진실은 피츠윌리엄 대령의 증언을 통해 더 자세히 확인하실 수 있을 겁니다. 그는 저희와 가까운 친척이며, 오랜 친구이고, 더욱이 제 부친의 유언 집행자의 한 사람으로서 불가피하게 이 일의 모든 전말을 상세히 알고 있습니다. 저에 대한 반감 때문에 제 말을 고려할 만한 일말의 가치도 없는 얘기로 간주하신다고 하더라도, 제 사촌과 허심탄회한 대화를 나누는 것까지 마다하지는 않으시겠지요. 그의 얘기를 들으실 수 있도록 이 편지가 오늘 오전 중으로 당신 손에 들어갈 수 있는 방법을 찾아보겠습니다. 하느님의 가호가 있으시기를 빕니다.

피츠윌리엄 다아시

13

다아시가 편지를 주었을 때 엘리자베스는 다시 청혼하는 내용이 들어 있을 거라고 기대하지는 않았다. 사실 어떤 내용이 적혀 있는지 짐작조차 할 수 없었다. 그녀가 얼마나 진지하게 편지를 읽어 내려갔고, 얼마나 복잡한 감정을 느꼈을지는 충분히 짐작이 가는 일이다. 편지를 읽는 그녀의 감정은 한마디로 규정하기 어려운 복잡한 것이었다. 처음에는 그가 변명할 여지가 있다고 생각한다는 데 놀랐고, 지각이 있는 사람이라면 차라리 하지 않을 변명을 늘어놓을 거라고 생각했다. 그녀는 그가 하는 모든 말에 강한 편견과 반발심을 가지고 네더필드에서 있었던 일에 관한 설명을 읽기 시작했다.

그녀는 너무 격앙된 나머지 편지 내용을 제대로 이해할 수조차 없었다. 다음 문장이 궁금해서 앞 문장의 뜻을 파악하기 힘들 정도였다. 그녀의 언니가 빙리에게 무관심했다는 말은 읽자마자 거짓말로 단정했고, 그것이 두 사람의 결혼을 반대한 진짜 이유라는 말을 읽자 너무 화가 치밀어서 그를 공정하게 판단하겠다는 의지마저 완전히 사라졌다. 그는 자신이 한 행동에 대해서 그녀가 납득할 만큼 유감을 표시하지도 않았다. 그의 문장에는 반성의 기미라고는 찾아볼 수 없었고 오만하고 불손하기 짝이 없었다.

그러나 그다음에 이어진 위컴에 대한 진술은 흥분을 가라앉힌 상태에서 좀 더 집중해서 읽을 수 있었다. 그의 말이 사실이라면 위컴의 인격에 대한 그녀의 생각을 완전히 뒤집어엎을 만큼 놀라운 일이 아닐 수 없었다. 그것은 위컴이 스스로 밝혔던 정황과 너무도 정확하게 들어맞았다. 그녀는 놀라움과 걱정과 두려움이 뒤섞인 복잡한 감정에 휩싸여 모든 것이 거짓이기를 바랐다.

"이건 분명 거짓말이야! 그럴 리가 없어. 이건 터무니없는 모함이야."

그녀는 몇 번이나 이렇게 외쳤다.

마지막 한두 페이지에는 무슨 말이 적혀 있는지 제대로 읽지도 않은 채 그녀는 편지를 황급히 접어 버리고 다시는 편지를 읽지도 신경 쓰지도 않겠다고 다짐했다. 너무 혼란스럽고 고통스러워서 엘리자베스는 무작정 걷기 시작했다. 아무리 걸어도 도무지 마음을 안정시킬 수가 없었다. 편지를 접은 지 30초도 지나지 않아서 엘리자베스는 다시 편지를 펼쳐 들었다. 가능한 한 마음을 가라앉히고 위컴과 관련된 내용을 꼼꼼히 읽어 내려가면서 문장 하나하나의 의미를 정확히 파악하려고 정신을 집중했다.

펨벌리가와 그의 관계에 대한 설명은 위컴이 했던 말과 정확하게 일치했다. 그리고 돌아가신 다아시의 부친이 위컴을 친절하게 배려해 주었다는 사실도 위컴이 했던 말과 같았다. 물론 그분이 얼마나 관대하게 배려해 주었는지는 알 수 없는 일이었다. 거기까지는 두 사람의 진술이 일치하고 있었다. 그러나 유언장에 관한 대목에 이르자 두 사람의 말이 엄청나게 차이가 있었다. 그녀는 위컴이 목사직에 관해 했던 말을 단어 하나까지 정확하게 기억하고 있어서, 두 사람 중 어느 한쪽이 비열한 거짓말을 하고 있다고 생각할 수밖에 없었다. 그녀는 잠시 지금까지 자신이 알았던 게 진실일 거라고 생각하고 싶었다. 그렇게 생각하는 편이 마음이 편할 것 같았다. 그러나 바로 다음에 나오는 자세한 정황을 다시 정신을 집중해서 읽고 나자 그런 확신이 다시 흔들리기 시작했다. 위컴이 목사직에 대한 모든 권리를 포기하는 대신 3,000파운드라는 거액을 받았다는 대목에서 엘리자베스는 편지를 내려놓고 최대한 공정하게 모든 상황을 가늠하고 어느 편의 주장이 옳은지 꼼꼼하게 따져 보았다. 그러나 그녀로서는 판단할 수 없는 일이었다. 두 사람의 말 중 누구의 말이 맞는지 근거를 확인할 수 있는 방법이 없었다.

엘리자베스는 다시 편지를 읽어 내려갔다. 한 줄 한 줄 읽을수록 점점 더 분명해지는 사실이 한 가지 있었다. 그것은 다아시가 어떤 비열한 계략을 쓴다고 해도 결국 그의 파렴치한 행동이 만천하에 드러나게 될 거라고 생각했던 자신의 생각이 이전과는 달라졌다는 사실이었다. 오히려 그가 결백할지도 모른다는 생각이 들었다. 다아시가 거침없이 비난했던 것처럼 위컴이 정말 그렇게 사치스럽고 방탕한 생활을 했다면 그것은 엘리자베스에게는 충격적인 일이었다. 하지만 그런 비난이 부당하다는 증거도 없었다. 위컴이 부대에 들어가기 전에 어떤 생활을 했는지 알려진 게 전혀 없었다. 그 부대에 입대한 것도 런던에서 우연히 만나서 알게 된 어떤 청년의 권유를 따른 것이라고만 했다. 하트퍼드셔에서는 그 이전에 그가 어떤 생활을 했는지 본인이 한 얘기 이외에는 전혀 알려진 게 없었다.

위컴이 진짜 어떤 사람인지 알아볼 방법이 있었다고 하더라도 엘리자베스는 그럴 필요성을 전혀 느끼지 못했다. 그는 용모와 목소리와 몸가짐만으로 상대방에게 모든 미덕을 갖춘 사람으로 믿어 버리게 만드는 능력이 있었다. 엘리자베스는 다아시의 공격에서 위컴을 방어할 만한 그의 행동을 기억해 내려고 애썼다. 위컴이 특별히 정직하고 훌륭한 일을 한 적이 있다면, 다아시가 비난한 것처럼 그가 오랫동안 나태하고 방탕한 생활을 했다는 사실을 작은 실수 정도로 돌릴 수도 있을 것이다. 그러나 그런 사례는 한 가지도 생각나는 게 없었다. 매력적이고 유쾌한 위컴의 몸가짐이나 언변은 금방 떠올릴 수 있었고, 뛰어난 사교성으로 사람들에게 인기가 많다는 건 인정할 수 있었지만, 그 이외에 실제적인 미덕이나 미담은 생각나지 않았다. 엘리자베스는 이 부분에서 읽는 것을 중단하고 잠시 생각에 잠겼다가 다시 편지를 읽어 나가기 시작했다.

다아시 양을 꾀어냈다는 내용은 바로 어제 아침에 피츠윌리엄 대령과 나누었던 대화에서 어느 정도 확증을 얻을 수 있었다. 마지막으로 다아시는 피츠윌리엄 대령에게 모든 사실을 확인해 보라고 말했다. 피츠윌리엄 대령이 사촌의 일에 관해서 모두 자세히 알고 있다고 했고, 그의 인격에 대해서는 의심할 여지가 없었다. 그녀는 잠시 피츠윌리엄 대령에게 사실을 확인해 봐야겠다고 생각했지만, 그런 질문을 한다는 게 너무 황당하게 보일지도 모른다는 생각이 들었다. 게다가 사촌이 자신의 말을 증명해 줄 거라고 확신하지 않았다면 다아시가 섣불리 그런 제의를 했을 리도 없었다.

엘리자베스는 필립스 씨 댁에서 위컴을 처음 만난 날 그와 나누었던 대화의 내용을 하나도 빠짐없이 기억하고 있었다. 그가 했던 말들이 아직도 그녀의 기억 속에 생생했다. 그제야 처음 만나는 사람과 그런 대화를 나눴다는 게 부적절한 일이었다는 걸 깨달았다. 그런 사실을 이제야 깨달았다는 것 또한 놀라운 일이었다. 위컴이 자신을 내세운 것도 황당한 일이었고 지금 생각해 보면 그의 말과 행동이 일치하지 않는 점이 한두 가지가 아니었다. 위컴은 다아시를 만나는 게 전혀 두렵지 않고 다아시가 그 고장을 떠날지는 몰라도 자기는 절대 그곳을 떠나지 않을 거라고 장담했다. 그런데 그는 바로 그다음 주에 네더필드에서 열렸던 무도회에 참석하지 않았다. 네더필드 사람들이 그곳을 떠날 때까지는 자신의 이야기를 그녀에게만 하다가, 그들이 떠나고 나자 아무 데서나 떠들어 댔다는 것도 생각하면 이상한 일이었다. 그가 다아시의 인격을 모욕하는 말을 할 때도 전혀 거리낌이 없었다. 그런 행동은 그의 아버지에 대한 존경심 때문에 그 아들의 치부를 드러내는 게 고통스럽다고 했던 자신의 말과 모순되는 것이었다.

위컴과 관련된 모든 일이 전혀 다른 시각으로 보이기 시작했다. 생각해 보니 킹 양에 대한 그의 관심도 순전히 돈에 대한 비열한 관심에서 비롯된 일인 것 같았다. 그녀의 유산이 그다지 많지 않다는 사실은 위컴이 욕심이 많지 않아서가 아니라, 급박한 상황에서 아무나 붙잡으려는 조급함 때문이었다. 킹 양에 대한 그의 행동은 참을 수 없을 만큼 저급한 동기에서 나온 것이었다. 그녀의 재산이 많은 걸로 오해했거나, 그녀가 경솔하게 내비친 호감을 부추겨서 자신의 허영심을 만족시키려고 했던 행동이었다.

위컴의 행동을 그에게 유리한 쪽으로 해석하려는 엘리자베스의 노력은 점점 기운이 빠져 갔다. 시간이 지날수록 다아시의 말이 옳다는 걸 증명하는 사례가 더 많이 생각났다. 오래전에 제인이 빙리에게 다아시에 관해서 물어보았을 때, 빙리는 이 문제에서 다아시는 전혀 잘못한 일이 없다고 분명하게 말했다. 그는 지금까지 오랫동안 다아시를 만나 왔고, 근래에는 같이 지내는 시간이 많아서 그를 가까운 곳에서 살펴볼 기회가 많았지만, 다아시가 자존심이 유난히 강하고 무뚝뚝한 면은 있지만 원칙에서 어긋나거나 부당한 행동을 하는 건 한 번도 본 적이 없다고 말했다. 다아시는 종교적으로나 도덕적으로 벗어나는 행동을 절대로 하지 않는 사람이라고 했다.

다아시는 주변 사람들에게 신뢰와 존경을 받고 있었고, 위컴도 그가 오빠로서는 훌륭하다는 사실을 인정했다. 엘리자베스도 다아시가 자기 누이에 대해서 무척 애정이 담긴 말투로 얘기하는 걸 들은 적이 있었다. 그가 그렇게 다정한 감정을 가질 수 있다는 데 놀랐던 기억도 났다. 만일 그가 위컴이 말한 것처럼 그렇게 비열한 행동을 했다면 사람들이 전혀 모르고 있을 수는 없었다. 그렇게 졸렬한 인간과 빙리처럼 훌륭한 인격을 가진 사람이 친구로 오랜 시간 우정을 나눈다는 것도 말이 안 되는 일이었다.

엘리자베스는 점점 자신이 부끄럽게 여겨졌다. 다아시든 위컴이든 생각하면 할수록 맹목적이고 편파적이고 어리석었던 자신에 대해 후회와 자책이 몰려들었다.

"내가 너무 경솔하고 천박하게 행동했어."

그녀는 큰 소리로 탄식했다.

"내 판단력을 너무 과신했어. 내 지성을 너무 과대평가했어. 관대하고 솔직한 언니의 성품을 은근히 비웃고,

근거 없이 남을 의심하는 걸로 내 허영심을 만족시켰던 거야. 이제야 깨달았어. 정말 부끄럽고 수치스러워서 견딜 수가 없어. 내가 사랑에 빠졌다고 해도 더 이상 우매할 수는 없었을 거야. 하지만 내 어리석음은 사랑 때문이 아니라 허영심 때문이었어. 두 남자를 처음 알았을 때부터 난 너무 분별력이 없었어. 한 사람이 내게 호감을 표시하는 데 기분이 우쭐했고, 다른 한 사람이 나를 무시하는 게 불쾌해서 참을 수가 없었던 거야. 그래서 두 사람의 일에 관해서 편견과 무지에 사로잡혀 있었어. 이 순간까지도 나는 자신을 너무 몰랐어."

그녀의 생각은 자신에게서 제인으로, 제인에게서 빙리에게로 옮겨 갔다. 그리고 이 문제에 관한 다아시의 설명을 더 정확하게 이해하기 위해서 다시 편지를 자세하게 읽어 보았다. 두 번째 찬찬히 편지를 읽은 결과는 처음과 너무도 달랐다. 언니가 빙리에게 애정을 가지고 있다는 걸 전혀 느끼지 못했다는 다아시의 주장에 대해서 엘리자베스는 샬럿이 언니에 대해서 했던 말을 떠올리고 다아시의 설명이 맞는다는 걸 부정할 수 없었다. 제인은 속으로는 열렬한 애정을 품고 있어도 겉으로는 전혀 그런 감정을 드러내지 않았고, 워낙 누구에게든 상냥하게 대하는 성품이었기 때문에 특정한 사람에게 특별한 감정을 가지고 있다는 걸 알기 어려웠다.

그녀의 가족이 언급된 부분에 이르자 엘리자베스는 극도의 수치심을 느꼈다. 굴욕적이기는 하지만 그의 비난이 타당한 것이어서 부인할 수 없는 일이었다. 다아시가 구체적으로 지적한 네더필드 무도회의 일은 그가 결혼을 망설이게 된 중요한 이유가 되기도 했지만, 엘리자베스 자신도 큰 충격과 수치심을 느꼈던 일이었다.

그녀와 언니에 대한 다아시의 칭찬은 기쁘게 받아들일 마음이 아니었다. 그나마 위안이 되지 않는 건 아니었지만, 그렇다고 다른 가족들 때문에 받은 자존심의 상처가 회복될 수는 없었다. 제인이 실연하게 된 것도 결국은 가족들 때문이라는 걸 알게 되자 엘리자베스는 전에 없이 맥이 풀리면서 우울해졌다. 가족들의 경솔한 행동 때문에 자신과 언니의 평판이 심각한 타격을 입을 수밖에 없다는 게 억울하기도 하고 자신의 처지가 한심하기도 했다.

엘리자베스는 두 시간 동안 오솔길을 헤매고 다녔다.

그동안 있었던 일들을 머릿속으로 다시 정리해 보고, 타당성을 가늠해 보기도 하면서 마음을 가라앉히려고 노력했다. 갑작스럽게 너무 많은 생각을 한 탓에 심한 피로감이 몰려들었다. 너무 오랫동안 집을 비웠다는 생각이 들어서 엘리자베스는 집으로 돌아가기로 했다. 집으로 들어서면서 그녀는 평소와 다름없이 유쾌한 모습을 보여야겠다고 마음먹었다. 복잡한 생각은 접어 두고 사람들의 대화에 방해가 되지 않도록 자연스럽게 행동해야겠다고 생각했다.

집 안에 들어서자 그녀가 집을 비운 사이에 로징스의 두 신사가 따로 그녀를 찾아왔었다는 소식이 기다리고 있었다. 다아시는 겨우 몇 분 동안만 기다리다가 돌아갔고, 피츠윌리엄 대령은 그녀가 돌아오기를 한 시간이나 기다리다가 그녀를 찾아 나서려고까지 했다는 것이었다. 엘리자베스는 그를 만나지 못한 것이 애석하다는 표정을 지었지만, 속으로는 천만다행이라고 생각했다. 지금 그녀에게 피츠윌리엄 대령은 전혀 관심의 대상이 아니었다. 엘리자베스는 편지 이외에 다른 일은 아무것도 생각할 수 없었다.

14

두 신사는 다음 날 아침 로징스를 떠났다. 콜린스는 그들에게 작별 인사를 하기 위해 소작인들의 오두막 옆에서 기다리고 있었다. 그는 두 사람이 방금 전에 아쉽게 로징스를 떠나왔을 텐데도 기분이 괜찮은 것 같았고 건강한 모습이었다는 소식을 가지고 돌아왔다. 그러고는 캐서린 영부인 모녀를 위로하기 위해 서둘러 로징스로 향했다. 집에 돌아올 때는 영부인께서 기분이 우울하셔서 그들과 함께 저녁 식사를 하고 싶어 하신다는 소식을 자랑스럽게 전했다.

엘리자베스는 영부인을 만날 때마다 자기가 다아시의 청혼을 받아들였다면 지금쯤 영부인에게 미래의 조카며느리로 소개되었을 거라는 생각을 하지 않을 수 없었다. 그 말을 들은 영부인이 분해서 어쩔 줄 몰라 하는 모습을 상상하면 저절로 웃음이 나왔다.

'영부인이 그 말을 들었다면 어떤 말을 하고 어떤 태도를 보였을까?'

그녀는 속으로 이런 질문을 하며 혼자 재미있어 했다.

영부인의 첫 번째 화제는 로징스의 식구가 줄어들어서 쓸쓸하다는 푸념이었다.

"정말이지 너무 허전해. 친구들이 곁을 떠날 때 느끼는 서운한 감정을 나만큼 절실하게 느끼는 사람은 없을 거야. 두 젊은이는 내가 특별히 아끼는 사람들이었고 그들도 나를 무척 따랐는데, 우리 집을 떠나는 걸 못내 섭섭해했지. 늘 그러긴 했지만. 대령은 그래도 겉으로는 끝까지 명랑한 척했지만 다아시는 작년보다 더 서운해 하는 것 같더군. 로징스에 대한 애착이 더 깊어진 게 분명해."

콜린스가 그녀의 말에 맞장구를 치면서 거들었고 영부인 모녀는 친절한 미소로 답했다.

저녁 식사 후 캐서린 영부인은 엘리자베스가 기분이

안 좋아 보인다면서 집에 돌아가기 싫어서 그럴 거라고 넘겨짚었다.

"그 일 때문이라면 어머니께 편지를 써서 좀 더 머물겠다고 말씀드리지 그러나? 콜린스 부인은 엘리자베스 양이 더 있겠다고 하면 틀림없이 반가워할 거야."

"친절하신 말씀에 감사드립니다. 하지만 저는 다음 토요일에는 런던에 가야 합니다."

엘리자베스가 대답했다.

"그럼 여기 고작해야 6주 동안 있는 셈이로군. 두 달 정도는 머물 거라고 생각했었는데. 엘리자베스 양이 오기 전에 콜린스 씨에게 그렇게 말했지. 그렇게 빨리 가야 하는 이유가 뭔가? 베넷 부인은 아가씨가 보름 더 머물도록 허락해 주실 거라고 생각하네만."

"하지만 아버지께서 허락하지 않으실 거예요. 지난주에도 돌아오라고 재촉하는 편지를 보내셨어요."

"어머니가 허락하시면 아버지도 분명 허락하실 거야. 아버지에게는 딸이 그렇게 중요한 존재가 아니니까. 한 달 동안 더 머문다면 두 사람 중 한 명을 내가 런던까지 데려다 줄 수도 있어. 6월 달에 일주일 동안 런던에 갈 예정이니까. 도슨이 마부 석에 누군가 앉아서 가는 걸 반대하지만 않으면 두 사람 중 한 명이 탈 자리는 충분해. 날씨가 서늘하면 두 사람 모두 태워 갈 수도 있을걸. 두 사람 다 체격이 별로 크지 않으니까."

"정말 친절하신 말씀입니다만, 전 원래 계획대로 해야 할 것 같습니다."

그제야 캐서린 영부인은 단념한 것 같았다.

"콜린스 부인, 하인을 함께 보내도록 해. 내가 항상 솔직하게 내 생각을 말한다는 거 알지? 젊은 여자 둘이서만 역마차를 타고 간다는 건 생각할 수도 없는 일이야. 그건 정말 품위가 떨어지는 행동이지. 꼭 사람을 함께 보내도록 해요.

내가 세상에서 가장 싫어하는 게 그런 일이니까. 젊은 아가씨들은 항상 자신의 지위에 맞게 적절한 보호와 시중을 받아야 하는 법이지. 작년 여름에 내 조카 조지애나가 램스게이트에 갈 때도 내가 남자 하인 두 명을 따라가게 했어. 돌아가신 펨벌리의 다아시 씨와 앤 영부인의 따님으로서 다아시 양이 하인들도 거느리지 않고 사람들 앞에 모습을 드러내는 건 말도 안 되는 일이야. 나는 이런 일들에 지나치게 신경을 쓰는 편이지. 이 아가씨들에게 존을 함께 보내요, 콜린스 부인."

"제 외삼촌께서 하인을 보내 주실 거예요."

"아, 아가씨 외삼촌! 그분에게도 하인이 있나 보군. 이런 일을 신경 써 줄 분이 있다니 다행이로군. 그런데 말은 어디서 바꿀 건가? 아! 당연히 브럼리에서 바꾸겠군. 벨 식당에 가서 내 이름을 대면 특별히 신경을 써 줄 거야."

캐서린 영부인은 그들의 여행에 관해 이것저것 간섭하며 질문했다. 그녀는 자신이 말한 질문에 대부분 스스로 대답했지만, 가끔씩 엘리자베스에게 대답을 요구하기도 했기 때문에 엘리자베스는 그녀에 말을 주의하며 들어야 했다. 그녀는 영부인의 질문에 신경을 쏟는 동안 다른 일들을 잊어버릴 수 있어서 오히려 다행이라고 생각했다. 혼자 있을 때면 엘리자베스는 겨우 안도감을 느끼며 깊은 생각에 빠져들었다. 그녀는 하루도 빠짐없이 혼자서 산책을 하며 괴로운 기억을 다시 떠올리고 상념에 잠겼다.

엘리자베스는 눈감고도 외울 수 있을 만큼 다아시가

보냈던 편지를 반복적으로 읽었다. 그녀는 문장 하나하나를 세세하게 읽곤 했다. 그럴 때마다 편지를 쓴 사람에 대한 감정이 달라졌다. 자신에게 청혼할 때의 다아시의 태도를 생각하면 분노의 감정이 솟구쳤지만, 그를 부당하게 비난하고 질책했던 자신의 행동을 다시 떠올렸을 때는 그를 향한 분노가 오히려 자신에 대한 분노로 바뀌고 있음을 느꼈다. 청혼을 거절당한 다아시에 대해 약간의 연민의 감정이 일어나기도 했다. 그가 자신에게 청혼했다는 사실이 고맙게 여겨지기도 했고, 그의 인품에 대해 존경심마저 들었다. 그렇다고 해서 그의 청혼을 받아들이겠다는 마음이 생긴 것은 아니었다. 그녀는 단 한순간도 그의 청혼을 거절한 자신의 결정을 후회하지 않았다. 그를 다시 만나고 싶은 생각도 없었다.

그러나 자신의 행동을 되돌아볼 때마다 당혹스럽고 후회가 몰려드는 건 어쩔 수 없었다. 가족들의 치명적인 결함을 생각하면 수치스럽고 속이 상해 견딜 수가 없었다. 앞으로도 가족들의 행실이 나아질 거라는 희망은 가질 수 없었다. 아버지는 늘 어린 딸들의 경거망동을 대수롭지 않게 웃어넘기기만 했고, 그들의 행동을 통제하려는 노력은 전혀 하지 않았다. 어머니는 애초에 예의범절과는 거리가 먼 사람이어서 자식들의 어떤 점이 잘못된 건지도 인식하지 못했다.

엘리자베스와 제인은 여러 번 캐서린과 리디아의 철없는 행실을 고쳐 주려는 시도를 했지만, 어머니가 무조건 그들의 응석을 받아 주는 한 그들이 개선될 기회는 주어지지 않을 것이었다.

소심하면서도 성질이 급한 캐서린은 리디아의 행동을 그대로 따라 하면서 언니들이 충고라도 하려고 하면 어김없이 발끈 화를 내곤 했다. 워낙 천방지축인 데다 조심성이라고는 전혀 없는 리디아는 언니들의 충고를 귓등으로도 들으려고 하지 않았다. 두 동생은 아는 게 없고, 게으르고, 허영심에 가득 차 있었다. 메리턴에 장교가 한 명이라도 있으면 그들은 서슴없이 그 장교에게 추파를 던질 것 같았다. 롱본에서 메리턴까지는 걸어서도 충분히 갈 수 있는 거리였기 때문에 그들은 아무 때나 마음만 먹으면 그곳으로 달려갈 준비가 되어 있었다.

엘리자베스는 제인의 일이 더욱 걱정스러웠다. 다아시의 설명을 듣고 나자 빙리에 대해 예전에 가졌던 호의적인 감정이 다시 되살아나는 것 같았다. 제인이 빙리를 놓쳤다는 게 더욱 안타깝게 느껴졌다. 제인에 대한 그의 감정이 진실한 애정이었다는 사실이 증명된 지금, 친구의 말을 무조건 신뢰하고 따른다는 점만 제외하면 빙리의 행동은 비난할 만한 점이 아무것도 없었다. 모든 점에서 훌륭한 조건과 행복할 수 있는 가능성을 갖춘 언니의 결혼이 가족들의 어리석고 교양 없는 행실 때문에 깨졌다는 걸 생각하면 억울해서 견딜 수가 없었다. 게다가 위컴에게 철저히 속아 넘어갔다는 배신감까지 겹쳐서 평소에 좀처럼 명랑한 성품을 잃지 않는 엘리자베스도 우울한 기분을 떨쳐 버릴 수가 없었다.

마지막 한 주 동안 그들은 처음 도착했을 때처럼 자주 로징스를 방문했다. 마지막 날 밤도 그곳에서 보냈다. 영부인은 그들의 여행에 관해 시시콜콜 캐물었다. 그러면서 그녀는 짐을 싸는 가장 좋은 방법까지 상세히 알려주었고, 드레스를 개키는 방법은 한 가지뿐이라면서 꼭 그렇게 해야 한다고 강조했다. 마리아는 영부인의 강력한 권유탓에 돌아가서 아침에 싼 짐을 도로 다 풀고 다시 꾸려야겠다고 생각할 정도였다.

캐서린 영부인은 즐거운 여행이 되기를 바란다며 무척이나 생색내는 태도로 내년에 다시 헌스퍼드에 오라고 말했다. 드 버그 양도 기운을 내서 무릎을 구부려 인사를 하고 두 사람에게 작별의 악수를 청했다.

15

토요일 아침에 엘리자베스와 콜린스는 식당에서 다른 사람들이 들어오기 전 몇 분 동안 마주쳤다. 그는 이 시간이 작별 인사를 하기에 더없이 좋은 기회라고 생각했는지 장황하게 인사말을 늘어놓았다.

"엘리자베스 양, 제 아내가 저희를 방문해 주신 데 대해 감사의 표시를 했는지 모르지만, 저희 집을 떠나기 전에 분명 제 아내에게서 감사의 인사를 들으실 겁니다. 저희와 함께 계셔 준 것을 무척 고맙게 생각하고 있습니다. 보잘것없는 저희 집에 머무시는 게 그리 달가우시지는 않으셨겠지요. 저희는 검소하게 생활하고 방도 작고 하인도 별로 없는 데다 사람들을 만날 수 있는 기회도 별로 없으니까요. 당신 같은 젊은 숙녀분에게는 헌스퍼드가 몹시 지루한 곳이 틀림없겠죠. 그런데도 저희 집에 머무는 호의를 베풀어 주신 데 대해 감사하게 생각하고 있다는 점과 유쾌한 시간을 보내실 수 있도록 저희로서는 최선을 다했다는 점을 믿어 주시길 바랍니다."

엘리자베스는 그에게 진심으로 감사하고 즐거웠다고 말했다. 지난 6주 동안 무척 즐겁게 지냈으며, 샬럿과 함께할 수 있어서 좋았고, 그동안 받았던 친절한 배려에 대해 감사할 사람은 오히려 자신이라고 말했다. 콜린스는 그 말을 듣고 흡족해하며 한층 더 엄숙하게 미소를 지으면서 대답했다.

"지루하지 않으셨다니 정말 기쁘군요. 저희는 그야말로 최선을 다했습니다. 그리고 무엇보다 다행스러웠던 건 지체 높으신 분에게 엘리자베스 양을 소개시켜 드릴 수 있었다는 점입니다. 로징스와 우리의 인연 덕분에 로징스에 자주 초대를 받으셨기에 헌스퍼드에 머무르는 동안 따분하지만은 않으셨을 거라고 자부합니다. 캐서린 영부인과 저희의 관계는 다른 사람은 누릴 수 없는 특별한 혜택이고 축복입니다. 저희가 그 댁과 얼마나 가깝게 지내는지 직접 보셔서 아시겠지요. 솔직히 말씀드려서 초라한 제 목사관이 불편한 점도 많지만 이 집에 머물면서 로징스 댁과 친분을 가질 수 있었다면 동정의 대상은 되지 않을 거라고 생각합니다."

그는 자신의 격앙된 감정을 말로는 충분히 표현할 수 없는 모양이었다. 그가 방 안을 이리저리 서성거리는 동안, 엘리자베스는 짧은 문장으로 예의를 갖춰 진심을 담아 표현할 수 있는 방법을 궁리했다.

"하트퍼드셔에 돌아가시면 그분들께 저희들이 아주 잘 지내고 있다고 말씀드려 주시기 바랍니다. 그렇게 하셔도 무방할 거라고 저는 자부합니다. 캐서린 영부인께서 제 아내에게 큰 관심을 쏟으시는 걸 당신도 매일 목격하셨으니까요. 그리고 당신의 친구가 불행한 선택을 한 것으로 보이지는 않을 테고요. 하지만 이 점에 대해서는 말하지 않는 편이 좋을 것 같군요. 제가 말씀드릴 수 있는 건 친애하는 엘리자베스 양도 행복한 결혼을 하시길 진심으로 바란다는 것뿐입니다. 사랑하는 샬럿과 저는 오직 한마음이고 사고방식도 똑같습니다. 모든 일에서 성격이나 생각이 놀랄 정도로 비슷하답니다.

저희는 그야말로 천생연분인 것 같습니다."

엘리자베스는 콜린스에게 그의 말대로 행복하게 지내는 것 같다고 편안한 마음으로 말할 수 있었다. 그리고 그의 가정이 행복하다는 걸 확신하고 진심으로 기쁘게 생각한다고 덧붙였다. 콜린스가 자신이 얼마나 행복한지 일일이 열거하려는 찰나에 그 행복의 원천인 샬럿이 등장하자 엘리자베스는 안도의 한숨을 내쉬었다.

가엾은 샬럿! 그녀를 그런 사람들 속에 혼자 두고 떠나는 건 가슴 아픈 일이었다. 하지만 이 모든 것은 그녀가 어떤 결과를 초래할지 뻔히 알면서 스스로 선택한 일이었다. 샬럿은 손님들이 떠나는 것을 서운해하는 기색이 역력했지만, 동정이나 연민을 바라는 것 같지는 않았다. 그녀는 자신의 집과 살림살이와 교구와 닭과 오리, 그리고 여기에 수반되는 여러 가지 자질구레한 일들에 재미를 붙이고 있는 것처럼 보였다.

드디어 마차가 도착했다. 커다란 가방은 마차에 매달고, 작은 가방은 마차 안에 집어넣고, 짐을 모두 싣고 나자 하인이 출발 준비가 끝났다고 알렸다. 엘리자베스는 샬럿과 다정하게 작별 인사를 나누고 콜린스의 안내를 받으며 마차로 향했다. 정원을 걸어 내려가는 동안에도 콜린스는 그녀의 가족들에게 경의를 표해 달라고 부탁하면서, 겨울 동안에 롱본에서 받았던 친절에 대한 감사와 직접 잘 알지는 못하지만 가디너 부부에 대한 인사도 잊지 않았다. 그러고 나서 그는 그녀가 마차에 올라타는 것을 도와주었고 그다음엔 마리아를 도와 마차에 타게 했다. 그리고 막 마차의 문이 닫히려는 순간, 깜짝 놀란 표정으로 로징스의 귀부인들에게 전할 인사말을 남기지 않았다는 걸 상기시켰다.

"그분들에게 여기 계시는 동안 베풀어 주신 친절에 대한 감사와 경의를 표하시길 당연히 바라시겠죠."

엘리자베스는 그의 말대로 인사말을 전해 달라고 했다. 그제야 문이 닫혔고 드디어 마차가 출발했다.

마리아는 몇 분 동안 말이 없다가 갑자기 큰 소리로 말했다.

"여기 온 지 하루 이틀밖에 안 지난 것 같은데 그동안 정말 많은 일이 있었네."

"그래, 정말 많은 일이 있었어."

엘리자베스가 한숨을 내쉬며 말했다.

"로징스의 만찬에 아홉 번이나 참석했고, 두 번이나 차를 마시러 갔지. 얘기할 게 너무 많아."

엘리자베스는 속으로 덧붙였다.

'난 숨겨야 할 얘기가 너무 많은걸.'

가는 동안 그들은 많은 대화를 나누지도 않았고, 특별한 일도 일어나지 않았다. 헌스퍼드를 떠난 지 네 시간 만에 가디너 씨 댁에 도착했다. 그들은 그곳에서 며칠 동안 머무를 작정이었다.

제인은 꽤 좋아 보였다. 엘리자베스는 외숙모가 미리 준비한 사교적인 모임들에 참석하느라 언니의 기분을 자세히 살펴볼 기회가 없었다. 제인도 그녀와 함께 집으로 돌아갈 예정이었기 때문에 롱본에서 충분히 여유 있게 언니의 상태를 알아볼 수 있을 거라고 생각해서 별다른 말은 하지 않았다.

롱본으로 돌아갈 때까지 다아시가 자신에게 청혼했다는 얘기를 언니에게 털어놓지 못하는 건 엘리자베스에게 여간 고역이 아니었다. 제인이 들으면 깜짝 놀랄 소식이기도 했지만, 아직 완전히 포기하지 못한 자신의 허영심을 만족시켜 주는 소식이기도 했다. 언니에게 그 소식을 들려주고 싶은 충동은 억누르기 힘든 유혹이었다. 그러나 어디까지 털어놓아야 하는지 망설여지기도 했고, 그 얘기를 하다 보면 어쩔 수 없이 빙리의 일을 다시 들춰내서 언니를 더 우울하게 만들 것 같아서 간신히 그 유혹을 참아 냈다.

16

5월 둘째 주에 세 명의 젊은 아가씨들은 그레이스처치가를 출발해서 하트퍼드셔로 향했다. 베넷 씨의 마차가 도착하기로 되어 있는 여관에 가까이 다가가자 2층 식당에서 밖을 내다보고 있던 키티와 리디아가 눈에 들어왔다. 마차가 시간을 정확히 지켜서 약속한 시간에 도착할 수 있었다. 두 소녀는 한 시간 넘게 그 여관에서 건너편에 있는 모자 가게에 들러 보기도 하고, 보초를 서고 있는 군인을 쳐다보기도 하고, 오이 샐러드를 만들기도 하면서 시간을 보내고 있었다.

그들은 언니를 반갑게 맞이하고 식탁 위에 여관 식당에서 흔히 나오는 냉육을 차려 놓은 걸 우쭐대며 말했다.

"정말 대단하지 않아? 굉장한 선물이지?"

"언니들한테 우리가 한턱내는 거야."

리디아가 거들었다.

"하지만 언니가 우리한테 돈을 빌려 줘야 해. 방금 전에 저기 있는 상점에서 돈을 다 써 버렸거든."

그러고는 언니들에게 상점에서 산 물건들을 자랑했다.

"이것 봐, 내가 산 모자야. 별로 예쁘지는 않지만 그래도 아무것도 사지 않는 것보다는 나을 것 같아서 샀어. 집에 가면 다시 뜯어서 예쁘게 고쳐 볼래."

언니들이 모자가 별로 예쁘지 않다고 말하는데도 리디아는 전혀 신경 쓰지 않고 말했다.

"그 가게에 이 모자보다 더 못생긴 모자가 몇 개나 있었어. 예쁜 색깔의 공단을 사서 새로 손질하면 그런대로 봐 줄만 할 거야. 하긴 이번 여름에 군부대가 메리턴을 떠나고 나면 무슨 모자를 쓰든지 상관없게 될 텐데 뭘. 보름 후면 떠날 거래."

"정말 떠난대?"

엘리자베스가 듣던 중 반가운 소식이라는 듯 소리쳤다.

"브라이턴 근처에 주둔할 거래. 이번 여름에 아빠가 우리를 거기로 데려가 주시면 얼마나 좋을까! 정말 근사한 계획 아냐? 돈도 거의 들지 않을 거야. 엄마도 열일 제쳐 놓고 가시겠다고 할걸. 안 그러면 이번 여름이 얼마나 맥 빠지는 여름이 될지 생각 좀 해 봐."

엘리자베스는 속으로 생각했다.

'그래, 정말 근사한 계획이로구나. 우리한테는 최고의 계획이야. 세상에! 브라이턴이라니. 사방이 군인 캠프인 그곳에 간다고? 군부대가 겨우 하나뿐인 메리턴에서도 한 달에 한 번 열리는 무도회 때문에 그렇게 난리법석을 피웠는데.'

"언니들한테 들려줄 새로운 소식이 있어."

식탁에 앉자 리디아가 말했다.

"무슨 소식일 것 같아? 엄청난 소식이야. 중대 발표라고. 우리 모두가 좋아하는 사람에 관한 거야!"

제인과 엘리자베스는 서로 얼굴을 쳐다보면서 웨이터에게 그만 나가도 된다고 말했다. 리디아가 한바탕 웃더니 말했다.

"언니들은 언제나 격식을 차리고 너무 조심하는 게

탈이야. 웨이터가 들을까 봐 그러는 거지? 그 남자가 우리 얘기에 신경이나 쓰겠어? 내가 지금 하려는 얘기보다 더 나쁜 얘기도 자주 들을 텐데 뭘. 하긴 그 웨이터는 너무 못생기긴 했어. 눈에 안 보이니까 한결 낫네. 그렇게 긴 턱은 생전 처음 봤어. 그건 그렇고 이제 소식을 전해야지. 위컴 씨에 관한 거야. 웨이터가 듣기엔 너무 아까운 얘기 아니야? 위컴 씨가 메리 킹 양과 결혼할 가능성이 없다는 거야. 어때, 언니? 그 여자가 리버풀에 있는 삼촌 집으로 내려갔다지 뭐야. 거기서 계속 살 생각이래. 이제 위컴 씨는 안전해."

"메리 킹도 안전하겠구나!"

엘리자베스가 덧붙였다.

"재산을 노리는 경솔한 결혼을 하지 않게 됐으니 말이야."

"위컴 씨를 정말 좋아했다면 그렇게 가 버리는 건 바보 같은 짓이야."

"양쪽 다 열렬하게 좋아하지는 않았을 거야."

제인이 말했다.

"위컴 씨는 그런 애정이 없었던 게 분명해. 그건 내가

장담할 수 있어. 위컴 씨는 그 여자한테 손톱만큼도 관심이 없었어. 그렇게 성격이 고약한 데다, 왜소하고, 주근깨투성이인 여자를 누가 좋아하겠어?"

엘리자베스는 동생의 말을 듣고 충격을 받았다. 자신의 입으로 그런 저속한 말을 한 건 아니지만, 그런 감정이 자기 마음속에서도 멋대로 돌아다니고 있다고 생각했다.

모두들 식사를 마치고 나자 언니들은 돈을 지불하고 마차를 불렀다. 상자와 반짇고리와 작은 짐 꾸러미와 키티와 리디아가 산 달갑지 않은 물건들을 요령껏 다 싣고 나자 마차가 출발했다.

"정말 교묘하게 잘 끼어 앉았네."

리디아가 소리쳤다.

"내 모자를 사서 정말 다행이야. 모자 상자 하나를 더 수집하는 재미밖에 없다고 해도 안 산 것보다는 훨씬 낫잖아. 이제 편안하게 앉아서 집에 갈 때까지 재미있게 웃고 떠들어 보자. 먼저 언니들이 집을 떠난 후로 무슨 일이 있었는지 들어 봐야지. 근사한 남자는 만나 본 거야? 연애 사건은 없었어? 난 언니들이 돌아오기 전에 한 명이라도 남편감을 얻었으면 했는데. 큰언니는 곧 노처녀가 될 거 아냐. 벌써 스물세 살이 다 됐잖아. 어쩜 좋아. 난 스물세 살이 되기 전에 결혼하지 못하면 창피해서 죽어 버릴 거야. 필립스 이모도 언니들이 남편감을 얻기를 얼마나 바라고 있는지 언니들은 모를걸. 이모는 리지 언니가 콜린스 씨와 결혼했으면 좋았을 거라고 하셨어. 하지만 그 결혼은 정말 재미없을 것 같아. 난 언니들보다 먼저 결혼하고 싶어. 그러면 내가 언니들을 무도회장마다 데리고 다닐 수 있을 텐데.

아 참! 지난번에 포스터 대령 집에 갔을 때 얼마나 재미있었는지 알아? 그날 낮에 키티와 내가 거기에 갔었는데 포스터 부인이 저녁에 작은 무도회를 열어 주겠다고 약속한 거야. 포스터 부인하고 내가 그렇게 친한 사이가 된 거라고! 부인이 해링턴의 두 딸에게 무도회에 오라고 초대했는데 해리엇이 아파서 펜이 혼자 오게 됐지 뭐야. 그런데 우리가 어떻게 했는지 알아? 글쎄 챔벌레인에게 여자 옷을 입혀서 여자 행세를 하게 했다니까. 얼마나 우스웠을지 생각해 봐. 대령하고 포스터 부인, 키티, 나만 빼놓고 아무도 감쪽같이 몰랐다니까. 참

이모도 알게 된 게 우리가 이모 드레스를 빌려야 했거든. 챔벌레인이 얼마나 예뻤는지 언니들은 상상도 못할걸. 데니, 위컴, 프랫, 다른 남자들 두세 명이 더 왔는데 챔벌레인을 전혀 못 알아봤어. 얼마나 웃었는지 몰라. 포스터 부인도 배꼽을 잡고 웃었다니까. 난 너무 웃겨서 죽는 줄 알았어. 그 바람에 남자들이 눈치를 채고 무슨 일인지 알아차리게 된 거야."

리디아는 키티에게 힌트를 얻어 가며 파티 이야기와 재미있는 농담을 늘어놓으며 롱본으로 가는 내내 동행을 즐겁게 해 주려고 했다. 엘리자베스는 될 수 있는 대로 동생의 얘기를 흘려버리려고 했지만 위컴의 이름이 자주 언급되는 데 신경이 쓰였다.

집에서는 더없이 반갑게 그들을 맞아 주었다. 베넷 부인은 제인의 미모가 여전한 걸 보고 기뻐했다. 베넷 씨는 저녁 식사를 하는 동안 엘리자베스에게 일부러 여러 번 말을 걸었다.

"리지야, 네가 돌아와서 정말 기쁘다."

식당에는 꽤 많은 사람들이 모여 있었다. 루카스 가족 대부분이 마리아를 만나 소식을 듣기 위해 기다리고 있었다. 그들의 화제는 다양했다. 루카스 부인은 식탁 맞은편에 앉아 있는 마리아에게 큰딸과 닭과 오리의 안부를 물었다. 베넷 부인은 자기보다 좀 아래쪽에 앉아 있는 제인에게 요새 유행하는 옷에 관한 정보를 들으면서 한편으로는 들은 이야기를 루카스 집안의 어린 딸들에게 다시 전달하느라 바빴다. 리디아는 다른 사람들보다 큰 목소리로 아무나 들으라는 듯이 그날 아침 재미있었던 일을 시시콜콜하게 떠들어 대고 있었다.

"메리 언니, 언니도 우리랑 같이 갔으면 좋았을 거야. 얼마나 재미있었다고! 키티하고 나하고 마차를 타고 갈 때 차양을 내리고 갔지 뭐야. 마차 안에 아무도 안 탄 것처럼 보이려고 말이야. 키티가 멀미만 하지 않았으면 끝까지 그러고 갔을 거야. 조지 여관에 도착했을 때 우리는 정말 멋지게 행동했지. 세 언니들한테 세상에서 가장 맛있는 냉육 요리를 대접했다니까. 언니도 같이 갔더라면 그런 대접을 받을 수 있었을 텐데 말이야. 여관에서 나왔을 때도 얼마나 웃겼는지 몰라. 마차 안에 다 못 들어갈 줄 알았는데. 너무 웃다가 죽는 줄 알았다니까. 집에 올 때도 너무 재미있었어. 너무 큰 소리로 웃고 떠들어서 10마일 떨어진 곳에서도 들렸을 거야."

리디아의 말을 듣고 나자 메리가 무척 진지한 어조로 대답했다.

"난 그런 즐거움을 폄하하는 사람은 결코 아니야. 그런 것들은 보통 여성들의 일반적인 성향에 부합되는 일이 틀림없으니까. 하지만 나한테는 그런 일들이 아무런 매력도 없다는 걸 밝히지 않을 수 없어. 나는 책을 읽는 편이 훨씬 더 좋으니까."

하지만 메리의 말을 리디아는 한마디도 듣고 있지 않았다. 그녀는 다른 사람의 말을 30초 이상 듣는 일이 거의 없었다. 더구나 메리가 하는 말은 아예 들으려고도 하지 않았다.

오후에 리디아와 다른 아가씨들은 메리턴으로 가서 모두들 어떻게 지내는지 알아보자고 독촉했지만 엘리자베스는 한사코 반대했다. 베넷 집안 딸들이 집에 온 지 반나절도 못 되어서 장교들을 쫓아다닌다는 말을 듣게 될까 봐 걱정스러웠다. 그녀가 반대하는 데에는 또 다른 이유가 있었다. 가능하면 위컴을 오랫동안 만나고 싶지 않았다. 부대가 곧 이전할 거라는 소식은 더없이 다행스러운 일이었다. 보름 후면 그들은 떠날 것이고 일단 떠나고 나면 위컴 때문에 힘든 일은 더 이상 없을 것이다.

집에 온 지 몇 시간이 지나지 않아서 그녀는 브라이턴 계획을 알게 되었다. 리디아가 여관에서 귀띔해 준 그 일이 부모님들 사이에서 자주 논의되고 있었다. 엘리자베스는 곧 아버지가 승낙할 의사가 전혀 없다는 걸 알게 되었지만, 그의 대답이 너무 애매모호한 것이어서 어머니는 종종 낙심하면서도 결국에는 성공할 거라는 희망을 버리지 않았다.

17

엘리자베스는 그동안 일어났던 일을 제인에게 말하고 싶은 마음을 더 이상 억제할 수가 없었다. 그래서 다음 날 아침, 언니에게 놀라지 말라고 미리 마음의 준비를 시킨 다음 제인과 연관된 세세한 부분은 빼놓고 다아시와 자기에게 있었던 일을 요약해서 얘기했다.

베넷 양은 엘리자베스의 말을 듣고 놀라움을 감추지 못했다. 그러나 동생을 남달리 아끼는 마음에서 어떤 남자라도 엘리자베스를 흠모하는 건 당연한 일이라고 생각했고 곧 놀란 마음을 진정시켰다. 그녀의 놀라움은 다아시가 자신의 감정을 엘리자베스에게 전달하는 방법이 적절하지 못했다는 안타까움에 묻혀 버렸다. 그리고 동생에게 거절당한 다아시의 심정이 얼마나 비참했을까를 생각하며 안쓰러워했다.

"다아시 씨가 자신의 청혼을 네가 당연히 받아들일 거라고 생각한 게 잘못이었어. 너한테 절대 그렇게 생각한다는 걸 드러내서는 안 되었는데 말이야. 하지만 성공할 거라고 확신했던 만큼 실망이 얼마나 컸겠니?"

"그 점에 대해서는 정말 다아시 씨에게 미안하게 생각해. 하지만 그분은 내게 애정만 느꼈던 게 아니야. 다른 복잡한 감정도 많았다고. 그런 감정 때문에 나에 대한 관심을 쉽게 잊을 수 있을 거야. 그분의 청혼을 거절했다고 나를 책망하는 건 아니지?"

"책망하다니, 그건 말도 안 돼!"

"그렇지만 내가 다아시 씨에게 위컴 씨에 관한 일을 그렇게 흥분해서 얘기했던 건 잘못이라고 생각하지?"

"그렇지 않아. 난 네가 뭘 잘못했다는 건지 잘 모르겠어."

"바로 그다음 날 있었던 일을 얘기해 줄게. 그럼 언니도 무슨 말인지 이해가 될 거야."

엘리자베스는 제인에게 편지에 대해서 얘기했다. 조

지 위컴에 관한 모든 내용을 하나도 빠뜨리지 않고 말했다. 가엾은 제인은 너무도 큰 충격을 받았다. 그녀는 한 개인에게 일어난 이런 사악한 일이 전 인류에게 존재하지 않는다고 믿으면서 세상을 살아갈 만큼 선량한 여자였다. 다아시에 대한 오해가 풀렸다는 게 다행스럽기는 했지만, 그런 끔찍한 일을 알고 나서 상심한 마음에는 별다른 위로가 되지 못했다. 제인은 다아시의 결백을 인정하면서도 무슨 오해가 있었을지도 모른다며 위컴을 옹호하려고 애썼다.

"언니, 아무리 그래도 소용없는 일이야. 두 사람 다 좋은 사람으로 만들 수는 없어. 한 사람만 선택해. 한 사람의 편을 드는 걸로 만족해야지. 두 사람 사이에는 일정한 분량의 미덕이 존재해. 그건 한 명만 선한 사람으로 만들 수 있는 분량이야. 근래에는 그 미덕이 방향을 잃고 헤매기는 했지만, 지금은 그 미덕이 모두 다아시 씨의 몫이라는 쪽으로 생각이 기울었어. 하지만 언니의 판단은 언니에게 맡겨야겠지."

한참 후에야 제인은 억지로 미소를 지어 보였다.

"이렇게 큰 충격을 받은 건 처음이야. 위컴 씨가 그

렇게 나쁜 사람이었다니. 다아시 씨가 정말 안됐어. 리지야, 생각해 보렴. 그분이 얼마나 고통이 심했겠니. 얼마나 실망이 컸을까? 네가 자기를 그렇게 나쁜 사람으로 생각하고 있었다는 걸 알았으니 말이야. 게다가 너한테 누이동생의 일까지 얘기할 수밖에 없었잖아. 정말 너무 안됐어. 너도 나랑 같은 심정이겠지?"

"아니, 난 그렇지 않아. 언니가 그렇게 안타까워하고 불쌍해하는 걸 보니까 난 오히려 그런 감정이 모두 사라지는 것 같아. 언니가 그분의 심정을 충분히 동정해 줄 테니까 난 더 무관심해져도 될 것 같은걸. 언니가 후하게 동정심을 베푸는 만큼 난 좀 아껴 둬야겠어. 언니가 다아시 씨를 불쌍해하면 할수록 내 마음은 더 가벼워지는 것 같아."

"위컴 씨도 안됐어. 얼굴은 그렇게 선량해 보이는데, 게다가 성격은 또 얼마나 점잖고 쾌활하니?"

"두 사람의 교육이 크게 잘못되었던 게 분명해. 한 사람에게는 모든 미덕이 있고, 다른 한 사람에게는 미덕의 겉모습만 있으니 말이야."

"난 네가 생각하는 것처럼 다아시 씨에게 외적인 미

덕이 부족하다고 생각하지는 않았어."

"지금 생각해 보면 나는 다아시 씨를 특별한 근거도 없이 극단적으로 싫어했던 것 같아. 그걸로 스스로 비범한 척하고 싶었던 거겠지. 어떤 사람을 지독히 싫어하게 되면 천재성이 발휘되고 위트가 샘솟거든. 올바른 말은 한마디도 안 하면서 누군가를 계속 비난할 수는 있어. 하지만 어떤 사람을 계속 비웃다 보면 가끔씩 재치 넘치는 말이 얻어걸리기도 하는 법이거든."

"리지야, 너도 이 편지를 처음 읽었을 때는 지금처럼 태연하진 못했을 거야. 그렇지?"

"물론이야. 너무 불편하고 비참한 심정이었어. 내 기분을 이야기할 사람도 없고, 내가 생각하는 것처럼 나 자신이 그렇게 나약하고 허영심 덩어리에다 형편없는 사람이 아니라고 위로해 줄 사람도 없었어. 얼마나 언니가 그리웠는지 몰라!"

"다아시 씨에게 위컴 씨에 대한 얘기를 할 때 그렇게 거친 표현을 썼던 건 네가 잘못한 거야. 지금 생각하면 그런 말들이 모두 부당한 비난이었잖아."

"언니 말이 맞아. 내가 그렇게 혹독한 말을 퍼부은 건 그분에 대한 편견 때문이었어. 언니, 그것 말고도 언니의 조언을 들어야 할 일이 있어. 위컴 씨의 정체를 폭로하는 게 옳은 일일까 아니면 그냥 묻어 둬야 하는 걸까? 언니는 이 문제를 어떻게 생각해?"

베넷 양은 잠시 사이를 두었다가 대답했다.

"그렇게 무참하게 폭로할 필요는 없을 것 같아. 네 생각은 어떤데?"

"나도 그런 짓은 하지 않는 게 좋을 것 같아. 다아시 씨가 내게 위컴 씨의 일을 폭로할 권한을 준 것도 아니고, 오히려 자기 동생과 관련된 자세한 일은 가능한 한 나만 알고 있으라고 했어. 그 일을 빼놓고 위컴 씨의 행실을 사람들에게 알리면 누가 내 말을 믿으려고 하겠어? 대부분의 사람들은 다아시 씨에 대해 심한 편견을 갖고 있잖아. 내가 다아시 씨 편을 들어서 얘기하면 메리턴의 선량한 주민들 절반이 반발하고 나설 거야. 난 그런 반발에 맞설 자신이 없어. 위컴 씨도 곧 이곳을 떠날 테고 그러면 그 사람이 어떤 인간이었는지는 별로 중요하지 않게 될 거야. 언젠가는 모든 사실이 밝혀지겠지. 그때는 우리도 그 사람들이 그런 사실을 전혀 몰랐던 걸 비웃어 줄 수 있을 거야. 하지만 지금 당장은 아무 말도 하지 않을 작정이야."

"네 생각이 맞는 것 같아. 지금 위컴 씨의 비열한 행동이 사람들에게 알려지면 그의 인생은 영원히 망가지고 말 거야. 그 사람도 지금은 자신의 행동을 후회하고 새로운 사람이 되고 싶어 할지도 모르는 거잖아. 그 사람을 절망으로 몰아가서는 안 돼."

언니와 대화를 나누고 나니 소란스럽던 머릿속이 정리가 되는 기분이었다. 보름 동안 그녀의 마음을 무겁게 짓누르고 있던 두 가지 비밀을 홀가분하게 털어 버릴 수 있었고, 다시 그 문제에 대해 얘기하고 싶어질 때면 제인이 언제든 기꺼이 들어 줄 거라고 생각했다. 하지만 워낙 심각한 사인이라 아직 언니에게 얘기하지 못하고 마음 한구석에 묻어 둔 일이 있었다. 다아시의 편지 중 나머지 절반의 내용은 도저히 언니에게 말할 용기가 나지 않았다. 다아시의 친구가 언니를 얼마나 진지하게 사모했었는지도 말해 줄 수 없었다. 그것은 아무에게도 말할 수 없는 비밀이었다. 두 사람이 완전히 서로의 마음을 이해하게 되는 날이 올 때까지 엘리자베스는 이 비밀을 지켜야 하는 무거운 짐을 덜어 버릴 수 없을 것 같았다.

'그런 일은 결코 일어나지 않겠지? 하지만 만일 그렇게 된다면 그땐 굳이 내가 얘기할 필요도 없을 거야. 빙리 씨가 언니에게 나보다 훨씬 설득력 있게 얘기할 수 있을 테니까. 내가 자유롭게 얘기할 수 있는 기회가 주어질 때면, 결국 그럴 필요성이 없어지게 되는 거로군.'

집에 돌아와 생활하면서 엘리자베스는 언니의 마음 상태를 여유 있게 살펴볼 수 있었다. 제인은 결코 행복하지 않았다. 그녀는 아직도 빙리에 대해 애틋한 애정을 가지고 있었다. 그녀는 전에는 한 번도 자신이 사랑에 빠졌다고 생각해 본 적이 없었다. 빙리에 대한 그녀의 감정은 첫사랑의 열정이었고, 나이와 타고난 성품 탓에 그녀의 첫사랑은 다른 사람들의 첫사랑보다 더 견고하고 변함없는 것이었다. 빙리에 대한 기억을 너무나 소중하게 마음속에 간직하고 있어서 다른 남자들은 안중에도 없었다. 엘리자베스는 주위 사람들을 생각해서 지나치게 비탄에 빠지지 않도록 주의하라고 언니의 감정을 견제하지 않을 수 없었다. 그러다가는 언니의 건강도 해치고 다른 가족들도 힘들어질 게 뻔히 내다보였다.

어느 날 베넷 부인이 엘리자베스에게 말했다.

"이제야 하는 얘긴데 넌 언니 일을 어떻게 생각하니? 누구한테도 그 얘기는 다시 꺼내지 않기로 마음먹었다만, 저번에 네 이모한테도 그렇게 말했고. 제인이 런던에서 그 남자 코빼기라도 한번 봤는지 모르겠구나. 빙리 씨는 정말 형편없는 남자 아니냐? 이젠 제인이 그 남자하고 맺어지는 건 모두 물 건너간 일이다. 여름에 다시 네더필드로 올 거라는 말도 못 들었어. 알 만한 사람에게는 다 물어봤는데도 말이야."

"이젠 네더필드에서 살지 않을 것 같아요."

"그래, 그거야 그 사람 마음이지. 빙리 씨가 돌아오기를 기다리는 사람도 없다. 난 그 인간이 내 딸에게 한 못된 짓을 죽을 때까지 잊지 않을 거야. 내가 제인이라면 도저히 참고 넘어가지 못했을 거다. 그 인간은 제인이 화병이 나서 죽기라도 해야 자기가 한 짓을 후회할 거야. 그렇게 되면 내 마음이 좀 풀릴 것 같긴 하다만."

그러나 엘리자베스는 그런 일이 일어나면 위안이 될 거라고 생각하지 않았기 때문에 아무 대답도 하지 않았다. 그러자 베넷 부인이 곧 말을 이었다.

"그건 그렇고, 콜린스 내외는 잘 살고 있던? 그런 생활이 오래가야 할 텐데. 식탁은 어떻게 차렸던? 샬럿이 살림은 잘할 거야. 자기 어머니 반만큼만 알뜰해도 돈을 꽤 모을걸. 살림하면서 전혀 낭비는 않겠지?"

"낭비라고는 모르는 것 같아요, 전혀."

"살림은 틀림없이 야무지게 할 거다. 그건 분명해. 수입보다 많이 쓰지 않으려고 알뜰살뜰 살겠지. 돈 때문에 궁색한 일은 없을 거야. 자기들한테는 잘된 일이지. 매일 네 아버지가 돌아가시면 롱본이 자기네 것이 될 거라는 얘길 주고받을걸. 그런 얘기를 할 때마다 벌써 롱본이 자기네 소유가 된 것처럼 말할 게 뻔해."

"제 앞에서 그런 얘기는 한 번도 꺼내지 않았어요."

"당연하지. 그랬다면 걔네들이 제정신이 아닌 거지. 그렇지만 자기네들끼리 있을 때는 입버릇처럼 얘기할 게 분명해. 법적으로 자기네 소유가 아닌 재산을 마음 편하게 생각할 수 있다면 자기네들은 좋겠지. 나 같으면 고작 한정 상속으로 남의 재산을 물려받는 걸 수치스럽게 생각할 거다."

18

제인과 엘리자베스가 집으로 돌아오고 나서, 첫 주는 쏜살같이 지나가고, 둘째 주가 시작되었다. 군부대가 메리턴에 주둔하는 마지막 주라서 이 동네에 사는 아가씨들은 시간이 지나갈수록 너나 할 것 없이 의기소침해졌다. 모두들 낙심에 빠져 있는데도 베넷가의 큰딸과 둘째 딸만은 여전히 먹고, 마시고, 잠자며 평상시와 다름없이 생활하고 있었다. 키티와 리디아는 언니들이 너무 무덤덤하다며 투덜거렸다. 자기네들은 깊은 실의에 빠져 있는데 가족들이 냉담하다는 게 이해가 되지 않았다.

"이제 우린 어떻게 되는 거지? 어떻게 해야 하는 거야?"

그들은 비탄에 빠져 울부짖기까지 했다.

"리지 언니는 어떻게 웃을 수가 있어?"

이런 일에는 정이 넘치는 어머니도 그들의 슬픔에 동참했다. 25년 전 비슷한 일이 있었을 때 그녀 자신도 무척 힘들어했던 기억이 떠올랐다.

"밀러 대령이 있던 부대가 떠나 버렸을 때 난 이틀 내내 울기만 했단다. 정말 가슴이 터져 버릴 것 같았지."

"지금 내 가슴도 터져 버릴 것 같아."

리디아가 말했다.

"브라이턴으로 갈 수만 있다면 얼마나 좋을까!"

베넷 부인의 말에 리디아가 맞장구를 쳤다.

"맞아요! 브라이턴으로 갈 수만 있다면 이렇게 걱정할 필요가 없어. 하지만 아버지가 절대 허락하지 않으실걸."

"바다에 몸만 담가도 기분이 훨씬 나아질 것 같아."

"필립스 이모도 나한테 해수욕이 좋을 거라고 하셨어요."

키티가 거들었다.

롱본 저택에서는 끊임없이 한숨과 탄식이 울려 나왔

다. 엘리자베스는 그들에게 신경을 쓰지 않으려고 애썼지만, 너무 한심하고 창피해서 견디기 힘들었다. 다아시가 자기와 결혼하는 걸 망설였던 이유가 타당했다는 게 새삼 깨달아졌다. 언니에 대한 빙리의 감정을 간섭하고 결혼을 막았던 다아시의 행동을 용서할 수 있을 것 같았다.

그러나 리디아의 앞날에 드리워졌던 먹구름이 한순간에 걷히고 밝은 세상이 펼쳐졌다. 연대장인 포스터 대령의 부인이 리디아에게 브라이턴으로 함께 가자고 권유한 것이다. 포스터 대령의 부인은 결혼한 지 얼마 되지 않은 새댁이었다. 쾌활하고 명랑한 성격이 리디아와 비슷해서 두 사람은 마음과 생각이 잘 통하는 둘도 없는 친구가 되었다.

이 소식을 들은 리디아는 기쁨에 넘쳐 포스터 부인을 찬양했고, 베넷 부인도 덩달아 기뻐했다. 키티는 분통이 터져서 어쩔 줄 몰라 했다. 그 광경은 표현하기 힘들 정도로 가관이었다. 리디아는 언니의 기분은 아랑곳하지 않고 온 집 안을 뛰어다니면서 기쁨에 겨워 가족들에게 축하해 달라고 소리를 지르면서 어느 때보다 더 요란스럽게 웃고 떠들어 댔다. 한편 키티는 실망에 빠져서 응접실에 앉아 말도 안 되는 불평을 늘어놓고 있었다.

"포스터 부인은 왜 리디아만 초대하고 나는 초대하지 않는 거지? 내가 특별히 친한 친구는 아니지만 나도 리디아처럼 초대받을 권리가 있다고. 아니, 내가 두 살 더 많으니까 당연히 내가 먼저 초대받아야 하는 거 아냐?"

엘리자베스가 아무리 설득하고, 제인이 단념시키려고 애써도 소용없는 일이었다. 엘리자베스는 어머니나 리디아처럼 이 초대를 흥분하며 기뻐할 수 없었다. 오히려 그녀는 이 일이 리디아의 파멸을 자초하는 일이 될 것 같아 걱정스러웠다. 그래서 자신이 한 짓이 리디아나 어머니에게 알려지면 엄청난 항의를 받을 게 뻔했지만, 아버지에게 리디아를 브라이턴으로 가지 못하게 말려 달라고 부탁했다. 엘리자베스는 리디아의 행실이 정숙하지 못하고, 포스터 같은 여자와 사귀어서 얻을 게 없으며, 브라이턴처럼 유혹이 많은 곳에서 그런 친구와 어울리다 보면 틀림없이 더 분별없는 행동을 하게 될 거라고 말했다. 베넷 씨는 엘리자베스의 말을 주의 깊게 듣고 나서 천천히 말했다.

"리디아는 사람들이 많은 곳에서 자신을 과시하지 못하면 절대 만족하지 못하는 아이다. 이번처럼 가족들에게 비용도 들지 않고 피해도 주지 않으면서 리디아가 즐길 수 있는 기회가 어디 흔하겠니?"

"리디아가 멋대로 경솔하게 행동하는 게 사람들 눈에 들어서 우리 가족이 얼마나 큰 피해를 입을지 생각하시면, 아니 벌써 큰 피해를 입었죠. 그걸 아신다면 이 일을 그렇게 처리하시지는 않으실 거예요."

"벌써 피해를 입었다고?"

베넷 씨가 놀라서 물었다.

"리디아 때문에 네가 사귀던 남자들이 놀라서 도망치기라도 했다는 거냐? 불쌍한 리지! 그렇다고 낙심하지는 말아라. 그런 사소한 문제도 못 견딜 만큼 까다로운 녀석들은 놓쳤다고 해서 아쉬워할 가치도 없는 놈들이다. 리디아의 철없는 행동 때문에 네게서 멀어진 한심한 녀석들 명단이나 보자꾸나."

"그런 건 아니에요. 제가 그런 피해를 입었다는 말이 아니에요. 구체적인 피해를 말하는 게 아니라 우리 집안의 전반적인 평판을 말하는 거예요. 사회적인 규범을 무시하고 제멋대로 행동하는 리디아 때문에 우리 집안의 품위나 평판이 영향을 받는다는 말씀을 드리는 거예요. 아버지께는 죄송하지만 솔직하게 말씀드릴게요. 리디아의 걷잡을 수 없는 성향을 막아 주실 분은 아버지밖에 없어요. 리디아에게 지금처럼 사는 건 올바른 생활 태도가 아니라고 가르쳐 주세요. 안 그러면 리디아는 회복이 불가능할 정도로 망가질지도 몰라요. 그런 성향이 굳어지면 열여섯 살밖에 안 된 어린 나이에 바람둥이라는 딱지가 붙어서 집안을 웃음거리로 만들 게 될걸요. 그것도 천박하기 짝이 없는 바람둥이가 될 거예요. 리디아는 나이가 어리다는 것하고 외모가 반반하다는 것밖에 내세울 게 없잖아요. 머리가 텅 비었는 데다 생각도 짧아서 남자들한테 인기 얻는 데만 관심이 있으니 사람들의 손가락질을 받을 게 뻔해요. 키티도 위험하긴 마찬가지예요. 그 애는 무슨 일이든 생각 없이 리디아가 하는 대로 따라 하니까요. 허영심도 많고, 아는 것도 없고, 게으른 데다 전혀 통제가 안 되는 애잖아요. 제발, 아버지, 생각 좀 해 보세요. 그 애들이 가는 곳마다 욕을 먹고 무시당할 거라고 생각하지 않으세요?

게다가 언니인 저희들이 당할 수치와 치욕도 생각해 주셔야죠."

베넷 씨는 엘리자베스가 이 일로 노심초사하는 걸 보고 다정하게 딸의 손을 잡으며 말했다.

"너무 걱정하지 마라. 너나 제인은 가는 곳마다 존경받고 사랑받을 거야. 철딱서니 없는 동생 두 명, 아니 세 명이라고 해야 하나? 어쨌든 그 애들 때문에 너희들이 피해를 볼 것 같지는 않다. 리디아가 브라이턴으로 가지 않으면 우리 집이 한시도 조용하지 못할 거다. 그러니 가게 내버려 두는 게 나을 것 같구나. 포스터 대령은 지각이 있는 사람이니까 리디아가 사고를 치지 않도록 잘 돌봐 줄 거다. 다행스럽게도 리디아에게는 돈이 없으니 누가 노릴 리도 없고, 브라이턴에 가면 여기서만큼 바람둥이 축에 끼지도 못할 거야. 장교들도 여기서 보던 것보다 더 눈에 확 띄는 여자들을 보게 될 텐데. 리디아가 거기 가서 자기가 얼마나 보잘것없는 존재인지 스스로 깨달을 수 있기만 빌어 보자. 지금보다 더 나빠진다면 붙들어다가 평생 이곳에 가두어도 할 말이 없겠지."

엘리자베스는 아버지의 대답에 더 이상 반론을 제기할 수 없었다. 그러나 그녀의 생각은 아버지에게 말하기 전과 전혀 달라진 게 없었다. 그녀는 아버지에게 실망해서 그 자리를 물러났다. 그렇다고 속으로 울분을 키우며 낙심하는 건 그녀의 성미에 맞지 않는 일이었다. 엘리자베스는 자신이 해야 할 몫은 다했다고 생각했다. 이제 어쩔 수 없는 일이 되어 버린 것 때문에 안달하거나 불안해하는 건 어리석은 일이었다.

엘리자베스가 아버지와 나눈 밀담을 리디아와 어머니가 알았더라면 두 사람의 수다스러운 입담으로도 표현할 수 없을 만큼 분개했을 것이다. 리디아의 상상 속에서 브라이턴은 세상에서 누릴 수 있는 모든 행복을 지닌 곳이었다. 그녀는 환상 속에서 장교들로 붐비는 해수욕장의 활기 넘치는 거리를 보았고, 이름도 얼굴도 모르는 수십 명의 젊은 장교들의 선망의 대상이 된 자신의 모습을 보았다. 캠프 안의 멋진 광경들도 보았다. 질서 정연하게 열을 맞춰 늘어선 막사와 그 안에 가득 들어찬 눈부신 붉은색 군복을 입은 젊고 쾌활한 군인들, 이 그림을 마지막으로 완성해 주는 것은 막사 아래서 적어도 여섯 명이 넘는 장교들과 즐겁게 대화를 나누고 있는 자신의 모습이었다.

언니가 이런 황홀한 기대를 자기한테서 빼앗아 버리려 했다는 걸 알았다면 그녀는 어떤 기분이었을까? 그 심정은 같은 꿈에 들떠 있던 어머니만 이해할 수 있었을 것이다. 남편이 브라이턴에 갈 의향이 전혀 없다는 걸 알고 맥이 빠진 베넷 부인에게 리디아가 브라이턴으로 간다는 소식은 유일한 위안거리였다. 그들은 베넷 씨와 엘리자베스 사이에 있었던 얘기를 전혀 알지 못했고, 리디아가 집을 떠나는 날까지 그들의 환희는 그칠 줄 몰랐다.

엘리자베스는 마지막으로 위컴을 만날 기회가 있었다. 집으로 돌아온 후 여러 차례 위컴과 자리를 함께할 기회가 있었다. 지금은 마음속의 혼란과 동요도 가라앉았고 그에 대한 설레는 감정과 호감도 완전히 사라져 버렸다. 처음에 호감을 느꼈던 위컴의 점잖고 예의 바른 매너도 지금은 가식적이고 혐오스럽고 지루하게 느껴질 뿐이었다. 게다가 그는 처음 그녀를 만났을 때처럼 다시 그녀의 관심을 불러일으키려는 태도를 보였다.

그 이후로 여러 가지 일을 겪고 위컴에 대해 많은 걸 알게 된 엘리자베스에게는 그런 위컴의 태도가 성가시고 불쾌할 뿐이었다. 자신이 위컴의 무책임하고 경박한 관심의 대상으로 선택되었다는 사실이 오히려 수치스럽게 느껴졌다. 어떤 이유로든 위컴이 자기가 마음만 먹으면 아무리 오랫동안 관심을 끊고 있었어도 언제든 다시 그녀의 애정을 얻고 자신의 허영심을 만족시킬 수 있다고 생각하는 데는 자신도 책임이 있다고 생각했다.

군부대가 메리턴에 머무는 마지막 날, 위컴은 다른 몇 명의 장교와 함께 롱본에서 식사를 했다. 엘리자베스는 그와 좋은 기분으로 헤어지고 싶은 마음이 전혀 없었다. 위컴이 헌스퍼드에서 어떻게 지냈느냐고 묻자, 그녀는 피츠윌리엄 대령과 다아시 씨가 로징스에서 3주 동안 지냈다고 대답하고, 대령을 아느냐고 물었다.

위컴은 그녀의 말에 깜짝 놀라면서 불쾌한 표정을 지었다. 그러나 잠시 뭔가 생각하다가 다시 미소를 지으며 전에 자주 만났었다고 말했다. 그리고 무척 신사적인 사람이라고 하면서 그를 어떻게 생각하느냐고 물었다. 그녀가 아주 좋은 사람인 것 같았다고 대답하자 그는 태연한 척하면서 덧붙였다.

"로징스에서 얼마나 계셨다고 말씀하셨죠?"

"거의 3주 동안 있었어요."

"그분을 자주 만나셨나요?"

"네, 거의 매일 만났어요."

"그의 태도는 그의 사촌들과는 많이 다를 겁니다."

"네, 아주 달랐어요. 하지만 다아시 씨도 친해지니까 괜찮은 분 같더군요."

"그랬군요!"

위컴이 이렇게 말할 때 엘리자베스는 그의 당혹스러운 표정을 놓치지 않았다.

"그런데 한 가지 여쭤 봐도 될까요?"

그는 감정을 억제하며 밝은 어조로 덧붙였다.

"그의 말투가 괜찮아졌다는 말씀이신가요? 평소의 말투에 예의를 갖췄나 보죠?"

그러고는 더 낮고 진지한 목소리로 말을 이었다.

"하지만 그가 본질적으로 나아졌을 거라고는 생각하지 않습니다."

"아, 그건 맞는 말씀이에요."

엘리자베스가 말했다.

"본질적으로는 예전과 그리 달라진 게 없었어요."

엘리자베스의 말을 들으면서 위컴은 기뻐해야 할지 아니면 그녀의 말뜻을 의심해야 하는 건지 당황해하는 것 같았다. 그녀의 표정에는 그를 걱정스럽고 불안하게 만드는 무언가가 있었다.

"친해지니까 나아졌다고 한 건 그분의 생각이나 태도가 나아졌다는 뜻이 아니었어요. 그분을 더 잘 알게 되니까 그분의 본성을 더 잘 이해할 수 있게 되었다는 뜻이었죠."

위컴의 놀라움은 상기된 안색과 시선을 어디에 둘지 몰라 허둥대는 표정에서 여실히 드러났다. 그는 잠시 침묵을 지키더니 당황한 태도를 진정하고 다시 그녀를 향해 지극히 부드러운 말투로 말했다.

"다아시 씨에 대한 제 감정을 잘 아실 테니까 그가 형식적으로라도 예의를 갖추려는 태도에 제가 진심으로 기뻐한다는 걸 충분히 이해하실 거라고 생각합니다. 그의 오만한 성격도 그렇게 표현된다면 자기 자신한테는 아니라도 다른 사람들에게는 도움이 되겠죠. 제가 겪었던 그런 몰염치한 행동은 하지 않을 테니까요. 다만 당신에게 보인 그런 조심스러운 태도를 그의 이모님 댁을 방문할 때만 의도적으로 사용하는 건 아닌지 걱정스럽군요. 그는 이모님의 견해와 판단을 무척 두려워하거든요. 이모님과 함께 있을 때는 그분을 어려워하는 게 눈에 분명히 보였습니다. 드 버그 양과 결혼하고 싶은 마음이 큰 작용을 하는 거겠지요. 그 결혼을 염두에 두고 있는 게 분명합니다."

이 말을 듣고 저절로 쓴웃음이 나왔지만 그녀는 고개를 약간 끄덕이는 걸로 대답을 대신했다. 지금까지 몇 번이나 우려먹은 자신의 케케묵은 원한을 주제로 그녀를 대화에 끌어들이려는 속셈이 분명했다. 그러나 그녀는 전혀 그에게 말려들고 싶은 기분이 아니었다. 그날 저녁 남은 시간 동안 위컴은 평소대로 명랑한 외양을 유지했지만, 엘리자베스에게 특별한 관심을 보이지는 않았다. 그들은 마지막에 서로 예의를 갖춰 작별했고 다시는 서로 만나지 않게 되기를 속으로 바랐다.

파티가 끝나자 리디아는 포스터 부인과 함께 메리턴으로 돌아갔다. 다음 날 아침 거기서 출발할 예정이었다.

리디아와 식구들의 이별은 슬프기보다는 요란스러웠다. 눈물을 보인 사람은 키티뿐이었지만, 그녀가 운 것은 서운함 때문이 아니라 분노와 시샘 때문이었다. 베넷 부인은 딸에게 즐겁게 지내기를 바란다고 온갖 수다를 늘어놓으면서 할 수 있는 대로 마음껏 즐기라고 당부했다. 이 충고는 리디아가 충분히 마음에 새겼을 것이 분명했다. 요란 벅적하게 작별 인사를 하는 바람에 언니들의 작은 인사말은 그녀의 귀에 와 닿지도 않았다.

19

엘리자베스의 결혼관이 자신의 가족을 토대로 형성된 것이었다면, 그녀는 결혼의 행복과 안락한 가정에 대한 기대를 갖지 못했을 것이다. 그녀의 아버지는 젊음과 미모와 착해 보이는 성품에 반해 한 여인과 결혼했다. 그러나 남자들의 눈에 젊고 아름다운 여성은 당연히 온순하고 착하게 보이게 마련이어서, 막상 결혼하고 보니 머리도 좋지 않은 데다 마음도 좁고 편협한 여자라는 걸 알게 되었다. 그는 결혼한 지 얼마 지나지 않아서 그녀에 대한 모든 애정을 잃고 말았다. 아내에 대한 존경과 존중, 신뢰는 영원히 사라졌고 행복한 가정에 대한 기대도 완전히 깨져 버렸다.

그러나 베넷 씨는 자신의 우매함과 잘못으로 인한 보상을 건전하지 못한 쾌락에서 얻으려는 사람은 아니었다. 그는 경솔한 선택이 빚어낸 결과를 무책임한 행동으로 해결하지 않았다. 그는 전원과 책을 사랑하는 취미 생활에서 즐거움을 찾았다. 그의 아내는 무식하고 어리석은 행동으로 그에게 재밋거리를 제공하는 것 이외에는 다른 행복을 줄 수 없는 여자였다. 평범한 남자라면 자기 아내를 비웃는 데서 즐거움을 찾으려 들지는 않을 것이다. 그러나 진정한 철학자라면 주어진 여건 안에서 삶의 즐거움을 찾는 게 마땅한 일이었다.

엘리자베스는 아버지의 태도가 남편으로서 온당하지 못하다는 걸 모르지 않았다. 그녀는 그런 아버지를 보면서 늘 가슴이 아팠고, 아버지의 인격과 자신에 대한 애정으로 간과하기 힘든 아버지의 행동을 잊어버리려고 노력했다. 아내에 대한 의무와 예의를 소홀히 해서 아내를 자식들에게 무시당하는 존재로 만드는 아버지의 태도를 비난하지 않으려고 애썼다.

그러나 엘리자베스는 잘못된 결혼이 자식들에게 미치는 불행한 영향을 어느 때보다 더 절감하고 있었다.

훌륭한 능력이 방향을 잘못 잡은 데서 비롯되는 해악을 뼈저리게 실감했다. 아버지가 자신의 능력을 올바르게 사용했다면 아내의 인격을 고양시키지는 못했다고 하더라도 딸들의 품격은 지킬 수 있었을 것이었다.

위컴이 떠나 버린 건 반가운 일이었지만, 군부대가 이전한 것은 별로 좋아할 일이 아니었다. 파티에 초대받는 일이 전처럼 많지 않았고, 집에서는 어머니와 동생이 만사가 지루하다며 끊임없이 불평을 늘어놓아 집안 분위기를 어둡게 만들었다. 키티는 그녀의 머릿속을 어지럽게 하던 장교들이 사라지고 나자 원래의 모습으로 돌아온 것처럼 보였지만, 리디아는 오히려 더 큰 사고를 칠 위험이 있었다. 바닷가와 군부대라는 이중의 유혹이 도사리고 있는 곳에 가면 아둔하고 대담한 성격이 더 자극을 받을 게 빤히 내다보였다.

엘리자베스는 이전에도 종종 느꼈지만 가슴을 졸이며 기다렸던 일이 정작 이루어지고 나면 기대했던 것만큼 만족감을 가져다주지 못한다는 걸 깨달았다. 진정한 기쁨을 누리려면 자신의 소망과 희망이 이루어질 수 있는 또 다른 시간을 정하고 기다림의 즐거움을 누리는 것으로 현재의 자신을 위로하고 다시 실망할 순간에 대비해야 했다.

현재 엘리자베스에게 가장 행복한 상념은 호수 지방으로 떠날 여행에 대한 상상이었다. 그런 상상은 어머니와 키티의 불평불만 때문에 불편한 집안 분위기에서 그녀가 얻을 수 있는 최고의 위안이었다. 제인과 함께 갈 수 있었더라면 그야말로 완벽한 계획이 되었을 것이다.

'그렇지만 기대할 게 있다는 것만 해도 정말 다행이야. 만일 모든 계획이 완벽했다면 틀림없이 실망할 일이 생겼을 거야. 하지만 언니와 함께 가지 못한다는 아쉬움이 남아 있으니까 다른 즐거움은 모두 이루어지겠지. 모든 점에서 완벽한 계획이란 생각대로 이루어질 수 없는 거니까. 마음에 들지 않는 구석이 조금은 있어야 철저하게 실망하게 되는 상황을 미리 막을 수 있는 법이야.'

리디아는 집을 떠날 때 어머니와 키티에게 자세하게 쓴 편지를 자주 보내겠다고 약속했다. 그러나 그녀의 편지는 늘 늦게야 도착했고 내용도 너무 짧았다. 어머니에게 보낸 편지에는 방금 도서관에서 돌아왔는데,

그곳에 이런저런 장교들이 함께 갔었고, 넋이 나갈 정도로 아름다운 장식품들을 보았다거나, 드레스와 파라솔을 샀는데 더 자세하게 설명하고 싶지만, 포스터 부인이 불러서 급하게 같이 군부대로 가 봐야 된다는 것 이외에는 별다른 내용이 없었다. 키티에게 보낸 편지는 좀 더 길기는 했지만 썼다가 지운 부분이 많아서 알아보기가 힘들었다.

리디아가 떠난 지 2~3주가 되자, 롱본에는 건강과 활기와 명랑함이 되살아나기 시작했다. 모든 것이 더 행복한 모습을 띠었다. 겨울 동안 런던에 가 있던 가족들이 돌아왔고, 여름옷과 파티에 대한 얘기로 꽃을 피웠다.

베넷 부인도 예전의 수다스러운 모습을 되찾았고, 6월 중순이 되자 키티는 눈물을 흘리지 않고서도 메리턴에 갈 수 있을 만큼 마음이 진정되었다.

이런 행복한 분위기 속에서 엘리자베스는 다음 크리스마스 무렵이면 키티가 하루에 한 번씩 장교의 이름을 들먹거리지 않을 만큼 차분해질 거라고 기대했다. 물론 그건 육군성이 심술을 부려서 메리턴에 또 다른 군부대를 주둔시키지 않는다는 걸 전제로 한 소망이었다.

북부 지방으로 여행을 떠나기로 한 날짜가 하루하루 다가오고 있었다. 겨우 보름밖에 남지 않았을 때 가디너 부인에게서 편지가 도착했다. 여행 출발 일자가 연기되었고 일정도 단축되었다는 내용이었다. 가디너 씨가 일 때문에 7월에 보름이나 늦게 떠날 수 있고, 그것도 한 달 이내에 다시 런던으로 돌아와야 한다는 것이었다. 여행 기간이 너무 짧아서 그렇게 먼 곳까지 갈 수도 없고, 예정했던 것만큼 많이 구경할 수 없고, 본다고 해도 여유 있게 즐길 수 없으니 호수 지방은 포기하고 대신 더 가까운 곳으로 갈 수밖에 없다고 했다. 현재 일정에 따르면 더비셔보다 더 북쪽으로는 갈 수 없을 것 같다는 것이었다. 그 지방에서도 볼거리가 많아서 꼬박 3주가 다 걸릴 테고, 가디너 부인은 그 지방에 특별히 마음이 끌린다고 했다. 그녀는 예전에 몇 년 동안 그곳에서 살았던 적이 있어서 이번에 며칠 동안 묵게 될 그곳이 매틀록이나 챗스워스나 도브데일이나 피크 같은 유명한 명소보다 그녀의 호기심을 더 많이 끌어당긴다는 설명이었다.

엘리자베스의 실망은 말할 수 없이 컸다. 그녀는 호

수 지방을 보고 싶은 생각으로 가득 차 있었고, 거기까지 갈 시간이 충분하다고 생각했다. 그러나 그녀로서는 받아들일 수밖에 없는 일이었고 금방 포기하고 다시 즐거운 기대를 하는 게 그녀의 긍정적인 성격이었다.

모든 일이 순조롭게 진행되었다. 더비셔라는 고장에 대해서 많은 일들이 연상되곤 했다. 엘리자베스는 더비셔라는 말을 들을 때마다 펨벌리와 그 주인인 다아시를 떠올리지 않을 수 없었다.

'그가 사는 곳에 들키지 않고 들어갈 수 있겠지. 몰래 형석 몇 개를 훔쳐 와야겠어.'

기대에 부풀어 기다리는 시간은 두 배로 길어졌다. 외삼촌과 외숙모가 도착하려면 4주나 더 있어야 했다.

그러나 그 시간도 어김없이 지나갔고, 가디너 씨 부부가 드디어 네 명의 아이들을 거느리고 롱본에 모습을 나타냈다. 여섯 살, 여덟 살인 두 여자아이와 어린 두 남동생은 집에서 사촌 언니 제인의 보살핌을 받기로 했다. 아이들은 모두 제인을 무척 잘 따랐고, 상냥하고 차분한 그녀의 성품은 아이들을 가르치고 돌봐 주는 데 적격이었다.

가디너 씨 부부는 롱본에서 하룻밤을 묵고, 다음 날 아침 엘리자베스와 함께 새롭고 즐거운 일을 찾아 여행을 출발했다.

이 여행에서 확실하게 보장된 즐거움은 마음이 꼭 맞는 동반자와 함께한다는 점이었다. 여기서 언급한 마음이 꼭 맞는 동반자란 여러 가지 불편을 참아 낼 수 있는 건강한 신체와 즐거움을 배로 만들어 줄 수 있는 명랑한 성격, 그리고 외지에서 힘든 일이 생겼을 때 서로 힘을 보태 줄 수 있는 포용과 현명함을 내포하는 말이었다.

더비셔나 그들이 들러 볼 관광지에 대해 설명하는 것은 별로 필요한 일이 아닐 것이다. 옥스퍼드나 블레넘, 워릭, 케닐워스, 버밍엄 등은 독자들도 익히 알고 있는 지방일 것이다. 우리가 관심을 가져야 할 곳은 더비셔의 작은 지역이다. 그 지방의 주요한 명승지를 모두 둘러보고 나서 일행은 가디너 부인이 예전에 살았던 램턴이라는 작은 도시로 향했다. 가디너 부인은 최근에 그녀가 알던 사람들이 아직도 몇 명이나 그곳에 살고 있다는 소식을 들었다고 했다. 그리고 램턴에서 펨벌리까지 거리가 5마일밖에 안 된다고 말했다. 펨벌리는 그들이 가는 길 도중에 있는 곳은 아니었지만 1~2마일밖에 벗어나지 않은 곳에 있었다. 그 전날 저녁 행선지에 대한 얘기를 나누면서 가디너 부인은 펨벌리에 다시 가 보고 싶다고 말했다. 가디너 씨도 선뜻 찬성했고 엘리자베스에게 동의를 구했다.

"얘, 그렇게 귀가 아프게 들어본 곳에 가 보고 싶지 않니? 네가 아는 사람들과 연고가 있는 곳이기도 하잖아. 위컴 씨도 거기서 어린 시절을 보냈다며?"

엘리자베스는 대답하기가 곤란했지만 그곳에 가고 싶지 않다고 말했다. 대저택들을 보는 것도 싫증이 났고 훌륭한 양탄자나 새틴 커튼 같은 건 이미 많이 보아서 전혀 보고 싶은 생각이 없다고 했다. 가디너 부인은 엘리자베스의 생각이 틀렸다면서 나무랐다.

"값비싼 가구가 가득 들어찬 훌륭한 저택밖에 볼거리가 없다면 나도 별로 관심이 없을 거야. 하지만 그 집터는 정말 멋진 곳이야. 이 고장에서 가장 훌륭한 숲이 있는 곳이지."

엘리자베스는 더 대꾸하지 않았지만 마음속으로 수긍할 수는 없었다. 펨벌리를 구경하는 동안 다아시를 만날 수도 있다는 생각이 들었다. 그건 생각만 해도 얼굴이 화끈 달아오를 만큼 창피한 일이었다. 그런 위험을 감수하는 것보다는 차라리 외숙모에게 솔직하게 털어놓는 편이 나을 것 같았다. 그러나 그러기에는 마음에 걸리는 문제가 한두 가지가 아니었다. 엘리자베스는 다른 사람에게 펨벌리에 주인 가족들이 있는지 물어보고, 만일 그들이 집에 있다고 하면 그때 최후 수단으로 외숙모에게 털어놓는 방법을 택하기로 마음먹었다.

모두들 잠자리에 들고난 후 엘리자베스는 하녀에게 펨벌리가 훌륭한 곳인지, 주인의 이름은 무엇인지, 그리고 조마조마한 심정으로 주인 가족들이 여름 동안 내려와 있는지 시치미를 떼고 물어보았다. 다행히도 마지막 질문에 대한 대답은 가족들이 없다는 것이었다. 이제 간신히 걱정을 던 엘리자베스는 그 집을 직접 볼 수 있다는 호기심을 마음 놓고 즐길 수 있었다.

다음 날 그 얘기가 다시 나왔을 때 그녀는 태연하게 그 계획에 굳이 반대할 생각은 없다고 대답했다. 이렇게 해서 그들은 펨벌리로 향하게 되었다.

제3부

1

마차를 타고 가는 동안 엘리자베스는 펨벌리 숲이 모습을 드러내기를 두근거리는 마음으로 기다렸다. 마차가 드디어 저택 안으로 들어서자 가슴이 두방망이질 치는 것처럼 세게 뛰었다. 장원은 엄청나게 넓었고 각양각색의 지형으로 이루어져 있었다. 장원에서 가장 낮은 지역으로 들어서자 아름다운 숲이 광활하게 펼쳐졌다. 마차는 숲 한가운데를 한참 동안 달려갔다.

엘리자베스는 벅찬 가슴으로 아무 말 없이 시야에 들어오는 경치와 전경을 감상하며 감탄사를 연발했다. 마차는 경사진 언덕을 반 마일 정도 올라가서 높은 언덕 꼭대기에 이르렀다. 거기서부터 숲이 끝나고 계곡 반대편에 자리 잡은 펨벌리 저택이 곧바로 시야에 들어왔다. 펨벌리 저택은 오르막길에서 가장 전망이 좋은 위치에 자리 잡은 웅장하고 아름다운 석조 건물이었다. 뒤로는 나무가 울창한 산마루가 높이 둘러쳐 있고, 앞으로는 개울이 흐르고 있었다. 자연적인 개울을 확장해 놓은 것 같았지만 인공적인 느낌은 전혀 없었다. 개울 양편에 세워진 둑 역시 인위적으로 꾸며 놓은 흔적 없이 자연스러운 모습이었다.

엘리자베스는 펨벌리처럼 자연의 혜택을 많이 받은 곳은 처음 본다고 생각했다. 그곳은 사람들의 서투른 손길에 의해 손상되지 않은 채 자연의 아름다움을 고스란히 간직하고 있었다. 일행 모두가 펨벌리의 아름다운 모습에 감탄을 금치 못했다. 엘리자베스는 그 순간 펨벌리의 안주인이 된다는 것이 자신이 생각했던 것보다 훨씬 더 굉장한 일이라는 생각이 들었다.

그들은 언덕을 내려와 다리를 건너 저택의 정문을 향해 달려갔다. 저택이 점점 가까워지자 혹시 다아시를 만나지 않을까 하는 걱정이 되살아났다. 다아시가 집에 돌아오지 않을 거라고 말한 하녀가 잘못 알 수도 있었다. 문지기에게 집 안을 구경할 수 있는지 물어보자 그는 일행을 현관 안으로 안내했다. 집 안을 안내할 하인을 기다리는 동안 엘리자베스는 다시 마음의 여유를 되찾았다. 자신이 이곳에 와 있다는 게 도저히 믿어지지 않았다.

나이가 지긋하고 고상해 보이는 여자가 그들을 맞이하러 나왔다. 생각했던 것처럼 품위 있는 부인은 아니었지만 그들에게 무척 공손하게 대해 주었다. 일행은 부인의 안내를 받아 응접실로 들어갔다. 응접실은 크고 작은 가구들이 조화롭게 잘 배치된 멋진 방이었다. 엘리자베스는 방 안을 대충 둘러보고 창가로 가서 바깥 경치를 내다보았다. 그들이 방금 내려온 언덕을 멀리서 보니 울창한 숲이 가파른 경사를 이루고 있는 풍경이 너무도 아름다웠다. 정원 곳곳이 훌륭한 조화를 이루며 멋진 경관을 이루고 있었다. 엘리자베스는 강의 경치와 강 주변에 여기저기 심어진 나무와 굽이치는 골짜기를 눈길이 닿는 곳까지 황홀하게 바라보았다. 다른 방으로 들어갈 때마다 다른 위치에서 바깥 풍경을 감상할 수 있었다. 어느 곳에서 봐도 모두 아름다운 경관이었다. 방들도 모두 고상하고 품격이 있었다. 집주인의 재력에 어울릴 만한 고급스러운 가구였지만, 요란하게 장식이 많은 화려한 가구는 아니었다. 로징스의 가구보다 덜 화려했지만 진정한 우아함을 지니고 있어서 집주인의 탁월한 안목을 보여 주는 것 같았다.

'내가 이 집의 안주인이 될 수도 있었어. 그랬다면 지금쯤 이 방들이 이렇게 낯설지 않고 익숙했겠지. 손님 자격으로 구경하는 게 아니라 주인으로서 느긋하게 삼촌과 숙모를 손님으로 대접할 수 있었을 거야.'

그녀는 이런 생각을 하다가 문득 정신을 가다듬었다.

'아냐, 오히려 삼촌과 숙모와 관계가 끊어졌을지도 몰라. 다아시 씨가 두 분을 초대하는 걸 허락하지 않았을 거야.'

이런 생각이 떠오르지 않았더라면 엘리자베스는 하마터면 후회하는 감정에 빠질 뻔했다. 하녀장에게 집주인이 정말 출타 중인지 확인하고 싶었지만 차마 그럴 용기가 나지 않았다. 때마침 외삼촌이 그녀 대신 집주인이 계시냐고 물어보자 그녀는 흠칫 놀라 고개를 돌렸다. 레이놀즈 부인은 주인이 지금은 집에 안 계시지만,

다음 날 친구분들을 여러 명 모시고 돌아올 거라고 대답했다. 엘리자베스는 그들의 여행이 하루 더 늦춰지지 않은 게 천만다행이라고 생각하며 가슴을 쓸어내렸다.

그때 그림을 감상하던 외숙모가 엘리자베스를 불렀다. 그녀는 벽난로 위에 걸려 있는 여러 점의 세밀화 중에서 위컴의 초상화를 발견했다. 외숙모는 엘리자베스를 보고 웃으면서 그 그림에 대한 감상을 물었다. 레이놀즈 부인이 다가와 그분은 돌아가신 전 주인의 집사로 일하시던 분의 아들이라며, 전 주인께서 자비로 양육해 주셨다고 일러 주었다.

"지금은 군대에 입대했지요. 무척 방탕한 생활을 하고 있다는 소문을 들었습니다."

가디너 부인은 의미심장한 미소를 지으며 엘리자베스를 바라보았다. 그러나 엘리자베스는 외숙모에게 웃어 보일 기분이 아니었다.

"저분이 바로 저의 주인이십니다."

레이놀즈 부인이 초상화 중 한 점을 가리키며 말했다.

"실물과 아주 똑같답니다. 아까 그 그림과 거의 같은 시기에 그려진 거죠. 그러니까 한 8년 전쯤 되겠군요."

"주인께서 잘생기셨다는 말은 많이 들었습니다."

가디너 부인이 그림을 보며 말했다.

"정말 미남이시네요. 리지야, 네가 보기에도 실물과 정말 닮았니?"

레이놀즈 부인은 엘리자베스가 자기 주인을 알고 있다는 말을 듣자 갑자기 그녀에게 관심을 보였다.

"저 아가씨께서 다아시 씨를 알고 계신가 보네요."

엘리자베스는 얼굴을 붉히며 말했다.

"조금 아는 사이일 뿐입니다."

"정말 잘생긴 신사분이라고 생각하지 않으세요?"

"네, 잘생기셨죠."

"제가 아는 사람 중에서 그분보다 더 잘생긴 사람은 못 봤어요. 2층 화랑에 가시면 이 그림보다 더 크고 훌륭한 그림이 있답니다. 이 방은 전 주인께서 좋아하시던 방이었죠. 그리고 이 세밀화들은 그때부터 그대로 간직해 온 거랍니다. 그분은 이 그림들을 무척 좋아하셨죠."

그 말을 듣자 위컴의 초상화가 이 그림 중에 끼어 있는 게 이해가 되었다.

레이놀즈 부인은 다아시 양의 초상화 중에서 한 점을 가리켰다. 다아시 양이 겨우 여덟 살 정도였을 때 그린 그림인 것 같았다.

"다아시 양도 오빠만큼 용모가 준수한가요?"

"그렇고말고요. 제가 본 아가씨들 중에서 가장 아름다운 분이랍니다. 게다가 얼마나 취미가 고상하신지 몰라요. 하루 종일 피아노를 치면서 노래를 부르시죠. 옆방에 가면 주인님이 아가씨에게 보내 주신 새 피아노가 있답니다. 아가씨는 내일 주인님과 함께 여기로 오실 거예요."

가디너 씨는 유쾌하고 서글서글한 성품이라서 이런저런 말대꾸를 하면서 레이놀즈 부인이 입담을 늘어놓게 만들었다. 부인은 주인과 그의 누이동생에 대한 자부심 때문인지 아니면 특별한 애정 때문인지 그들에 관해 얘기하는 걸 좋아하는 것 같았다.

"주인께서 1년 중에 펨벌리에서 지내는 날이 많으신가요?"

"저는 이곳에 오래 계시기를 바라지만, 주인님께서는 이곳에 1년 중에서 절반 정도밖에 머무르지 않으신답니다. 다아시 양은 여름에는 항상 이곳으로 내려오시죠."

'램스게이트에 갈 때를 빼고 여기에 오는 거겠지.'

엘리자베스는 속으로 생각했다.

"주인께서 결혼을 하시면 그분을 자주 뵐 수 있겠네요."

"그렇겠죠. 하지만 그때가 언제가 될지 모르겠어요. 그분에게 어울릴 만한 아가씨가 있을 것 같지 않으니까요."

가디너 씨 부부는 야릇한 미소를 지었다.

"그렇게 말씀하시는 걸 보면 다아시 씨를 무척 훌륭한 분으로 생각하시는 것 같군요."

엘리자베스는 자기도 모르게 이렇게 말했다.

"저는 진실을 말했을 뿐입니다. 그분을 아는 사람이라면 누구든지 그렇게 말할걸요."

레이놀즈 부인의 말을 듣고 엘리자베스는 부인이 과장된 말을 하고 있다고 생각했다. 그러나 부인이 다음에 하는 말을 듣고 더욱 놀라지 않을 수 없었다.

"저는 평생 그분이 화를 내시는 걸 한 번도 본 적이 없어요. 그분이 네 살 때부터 줄곧 모셔 왔는데 말이죠."

이 말은 다른 어떤 칭찬보다 더 의외였고 엘리자베스

가 생각했던 다아시의 성격과 정반대되는 것이었다. 그녀는 지금까지 다아시가 결코 온화한 성격의 사람이 아니라고 생각해 왔다. 그러나 레이놀즈 부인의 말을 듣고 나자 새삼스럽게 다아시에 대한 관심이 솟아오르는 것 같았다. 그때 마침 고맙게도 외삼촌이 레이놀즈 부인에게 말했다.

"그런 칭찬을 들을 수 있는 사람은 정말 흔하지 않죠. 그렇게 훌륭한 주인을 모시고 있어서 정말 좋으시겠습니다."

"네, 저도 정말 운이 좋다고 생각해요. 이 세상을 다 돌아다녀도 그분처럼 훌륭하신 주인을 만날 수는 없을 겁니다. 어릴 때 성품이 착했던 사람이 어른이 되어서도 훌륭한 성품을 갖게 되더군요. 주인님은 어렸을 때부터 마음씨가 곱고 너그러우셨답니다."

엘리자베스는 레이놀즈 부인을 뚫어지게 쳐다보았다.

'이 부인이 지금 다아시의 얘기를 하고 있는 게 맞는 건가?'

"그분의 선친께서도 훌륭한 분이셨죠."

"네, 그래요. 정말 훌륭한 분이셨어요. 아드님도 그분처럼 가난한 사람들에게 더할 나위 없이 따뜻하게 대해 주신답니다."

엘리자베스는 부인의 말을 들으면서 놀랍기도 하고 한편으로는 그녀의 말이 진실인지 의심스럽기도 했다. 그러면서도 다아시에 대해 더 많은 얘기를 듣고 싶었다. 레이놀즈 부인이 하는 말 중에서 다아시에 관련되지 않은 얘기에는 전혀 관심이 가지 않았다. 부인은 그림의 주제와 방의 크기, 가구의 가격에 대해서도 설명했지만 엘리자베스의 귀에는 그런 말들은 전혀 들어오지 않았다.

가디너 씨는 부인이 주인의 가족에 대해 극구 칭찬하는 말을 듣고, 주인에 대해 깊은 애정을 갖고 있다고 생각하며 흐뭇해했다. 그는 다시 다아시에 대한 화제를 꺼냈다. 일행이 넓은 계단을 올라가고 있을 때 레이놀즈 부인은 다아시의 여러 가지 장점을 목청을 높여 가며 늘어놓았다.

"주인님처럼 훌륭한 지주는 찾아보기 힘들 겁니다. 자기 자신밖에 생각하지 못하는 이기적인 요즘 젊은 사람들하고는 전혀 다른 분이시죠. 그분의 소작인이나 하인 중에서 그분을 칭송하지 않는 사람은 아무도 없을 겁니다. 간혹 그분을 거만하다고 하는 사람들도 있지만 저는 그분이 거만하게 행동하시는 걸 본 적이 없답니다. 제 생각에는 주인님이 다른 젊은이들처럼 함부로 말을 많이 하지 않기 때문에 그런 얘기를 듣는 것 같아요."

'이 말을 들으면 다아시 씨는 정말 다정하고 온화한 남자 같잖아!'

엘리자베스는 속으로 이렇게 생각했다.

"다아시 씨를 저렇게 훌륭한 사람이라고 극구 칭찬하는 말을 들으면 가엾은 위컴 씨에게 했던 행동하고는 영 들어맞지가 않는구나."

외숙모는 엘리자베스와 함께 걸으며 낮은 소리로 말했다.

"우리가 속은 건지도 모르죠."

"그런 것 같지는 않아. 레이놀즈 부인이 하는 말은 믿을 수 있지 않니?"

위층에 있는 널찍한 로비에 이르자 부인은 그들을 무척이나 아름다운 방으로 안내했다. 최근에 새로 꾸민 방들로 아래층에 있는 방들보다 더 우아하고 화사했다.

레이놀즈 부인은 다아시 양이 지난번 펨벌리에 왔을 때 이 방을 특별히 좋아해서 다아시 씨가 동생을 기쁘게 해 주기 위해 새로 꾸민 거라고 알려 주었다.

"정말 좋은 오빠로군요!"

엘리자베스가 창문 쪽으로 걸어가며 말했다. 레이놀즈 부인은 다아시 양이 이 방에 들어오면 무척 기뻐할 거라고 했다.

"주인님은 늘 이런 식이세요. 동생을 기쁘게 하는 일이라면 무엇이든 서슴없이 하시죠. 정말 동생을 위해서는 못할 일이 없으신 분이랍니다."

그들은 화랑과 두세 개의 침실을 더 구경했다. 화랑에는 훌륭한 그림이 많이 걸려 있었지만, 엘리자베스는 그림은 잘 알지 못하기 때문에 아래층에서 이미 여러 점을 감상했던 유화보다는 다아시 양이 크레용으로 그렸다는 그림이 더 흥미롭고 이해하기 쉬웠다. 화랑에는 가족들의 초상화가 많이 걸려 있었지만 손님들의 특별한 관심은 끌지 못했다. 엘리자베스는 자기가 알고 있는 유일한 얼굴을 찾아서 화랑 안을 걸어다녔다. 그녀는 드디어 다아시를 실물 그대로 그려 놓은 초상화를 찾아냈다. 그 초상화는 다아시가 그녀를 바라볼 때 가끔씩 보였던 미소를 그대로 머금고 있었다. 그녀는 몇 분 동안 그 그림 앞에 서서 진지하게 그림을 감상했다. 그리고 모두들 화랑을 나오기 전에 다시 한 번 그 그림을 보았다. 레이놀즈 부인은 그 그림이 다아시의 선친이 살아 계실 때 그린 거라고 알려 주었다.

그 순간 엘리자베스는 마음속에 다아시와 가깝게 지낼 때 느꼈던 감정보다 훨씬 더 부드러운 감정이 일어나는 걸 느꼈다. 레이놀즈 부인이 다아시에 대해 열거한 좋은 점들은 결코 무시해 버릴 만한 것들이 아니었다. 믿을 만한 하인의 칭찬이야말로 가장 진심 어린 칭찬이었다. 오빠로서, 지주로서, 저택의 주인으로서, 그는 수많은 사람들의 행복을 책임지고 있었다. 그들의 기쁨과 고통이 모두 그의 손에 달려 있었다. 그는 커다란 선을 베풀 수도 악을 행할 수도 있었다. 그런데 그의 하인이 그에 관해 한 말들은 하나같이 그의 훌륭한 성품을 증명하고 있었다.

엘리자베스는 자신을 응시하고 있는 그의 초상화 앞에 서서 지금까지 느끼지 못했던 깊은 감사의 마음으로 그의 호의를 되새겨 보았다. 그녀는 그의 뜨거웠던 애정을 떠올리고 자연스럽지 못했던 그의 애정 표현조차 너그럽게 이해할 수 있을 것 같은 생각이 들었다.

일반 사람들에게 공개되는 곳을 다 둘러본 다음 일행은 다시 아래층으로 내려갔다. 거기서 일행은 레이놀즈 부인과는 작별 인사를 나누고, 현관에서 기다리고 있던 정원사의 안내를 받아 정원을 구경했다.

잔디밭을 가로질러 개울을 향해 걸어가던 엘리자베스는 저택을 다시 한 번 보기 위해 돌아섰다. 그러자 외삼촌과 외숙모도 그녀를 따라 걸음을 멈춰 섰다. 건물이 지어진 시기가 언제쯤일지 추측해 보며 건물을 다시 한 번 살펴보고 있을 때, 놀랍게도 건물 뒤쪽 마구간으로 통하는 길목에서 다아시가 모습을 드러냈다. 겨우 20미터밖에 떨어지지 않은 거리였고 너무 급작스러운 일이라 엘리자베스는 그의 시선을 피할 수 없었다. 두 사람의 눈길이 마주쳤고 두 사람의 볼은 빨갛게 물들었다. 다아시도 무척 놀랐는지 한참 동안 그 자리에 꼼짝도 않고 서 있었다. 그러나 그는 곧 정신을 가다듬고 일행에게 다가와 엘리자베스에게 먼저 말을 걸었다. 완전히 평정을 되찾은 말투는 아니었지만 제대로 예의를 갖춰 인사를 건넸다.

엘리자베스는 자신도 모르게 돌아섰다. 그러나 그가 다가오는 모습을 보자 걸음을 멈추고 당황한 기색을 감추지 못한 채 그의 인사를 받았다. 가디너 씨 부부는 다아시를 처음 만나는 거라서 조금 전에 본 초상화만으로는 그가 다아시라는 걸 알아차릴 수 없었다. 그러나 그를 보자 깜짝 놀라며 당황스러워하는 정원사의 태도를 보고 그가 이 저택의 주인이라는 걸 알 수 있었다. 그들은 다아시가 엘리자베스와 얘기를 나누고 있는 동안 약간 떨어진 곳에 서서 두 사람을 바라보고 있었다.

엘리자베스는 너무 놀라고 당황한 나머지 눈을 들어 그의 얼굴을 쳐다볼 수조차 없었다. 그리고 가족의 안부를 묻는 그의 인사에 대답도 제대로 하지 못했다. 엘리자베스는 두 사람이 마지막으로 만난 이후 그의 태도가 달라졌다고 느꼈다. 그런 생각이 들자 그가 말을 할 때마다 시시각각 당혹감이 더 커져 갔다. 이곳에서 자기를 만났을 때 그가 얼마나 황당하게 느꼈을지 생각만 해도 얼굴이 화끈거렸다. 그와 얘기하고 있는 몇 분간이 자기 생애에서 가장 견디기 힘든 불편한 순간으로 느껴졌다.

다아시 역시 편해 보이지는 않았다. 그의 말투에서는 평소의 침착하고 냉정한 태도를 찾아볼 수 없었다. 엘리자베스에게 언제 롱본을 떠났는지, 더비셔에 얼마 동안 머물 건지, 같은 질문을 되풀이하며 허둥대는 모습이 그 역시 당황하고 있다는 걸 그대로 드러내고 있었다. 그는 잠시 말을 멈추고 멍하니 서 있다가 갑자기 정신이 돌아온 것처럼 그들 일행에게 작별 인사를 했다.

가디너 씨 부부는 엘리자베스에게 다가와 다아시 씨의 인물이 훌륭하다고 칭찬했다. 그러나 엘리자베스는 자기 생각에 깊이 빠져서 그들이 하는 말을 한마디도 알아듣지 못했다. 그녀는 수치심과 당혹감으로 정신이 혼미해진 채 그들의 뒤를 따라가고 있었다. 이곳에 온 것이야말로 최대의 불운이자 잘못된 판단이었다. 다아시에게 자기가 얼마나 이상한 여자로 보였을까. 의도적으로 자기 앞에 나타난 걸로 생각했을지도 모를 일이었다. 도대체 내가 왜 이곳에 왔을까. 아니, 왜 그가 예정보다 하루 먼저 집에 돌아온 것일까. 10분만 일찍 떠났어도 자신이 그의 눈에 띄는 일은 없었을 것이다. 그는 엘리자베스와 마주친 그때 돌아온 게 분명했다. 그때 말이나 마차에서 내린 게 틀림없었다.

두 사람의 얄궂은 재회를 생각하면 할수록 엘리자베스는 얼굴이 화끈거리고 가슴이 두근거렸다. 눈에 띌 정도로 돌변한 다아시의 태도가 무엇을 의미하는 건지 궁금했다. 그녀에게 말을 건 것도 놀라운 일인데 그는 가족들의 안부까지 예의를 갖춰 물었다. 그가 지금처럼 위엄 있으면서도 부드러운 어조로 말하는 모습을 그녀는 한 번도 본 적이 없었다. 로징스 저택의 정원에서 그녀의 손에 편지를 건넬 때의 말투와는 완전히 대조적이었다. 그녀는 그런 그의 태도를 어떻게 해석해야 할지 갈피를 잡을 수가 없었다.

일행은 강가를 끼고 있는 아름다운 산책로로 접어들었다. 한 걸음 내딛을 때마다 아름다운 비탈길이 나타나면서 그들은 점점 울창한 숲에 가까워졌다. 엘리자베스는 한참 걷고 나서야 자신이 숲속으로 들어섰다는 걸 알아차렸다. 외삼촌과 숙모가 말을 걸어올 때마다 기계적으로 대답하며 그들이 가리키는 곳으로 눈길을 돌렸지만, 경치를 보고 있는 건 아니었다. 그녀의 생각은 오로지 펨벌리 저택의 한 곳, 다아시가 있을 만한 장소에 집중돼 있었다. 그가 지금 자기에 대해 어떤 감정을 가지고 있는지, 그동안 여러 가지 사건들이 일어났지만 아직도 자신을 소중한 존재로 여기고 있는지 궁금해 견딜 수가 없었다. 어쩌면 그녀에 대해 편하게 생각하게 되었기 때문에 예의를 갖춰 대할 수 있는 건지도 모른다는 생각이 들었다. 그러나 그의 목소리나 태도에는 아직도 불편해하는 기색이 역력했다. 그가 자기를 만나서 고통스럽게 느꼈는지 기뻐했는지 알 수가 없었다. 아직도 그녀 앞에서 태연하게 행동하지 못한다는 것만은 분명한 것 같았다. 동행한 사람들이 왜 그렇게 넋이 빠져 있느냐고 묻자 엘리자베스는 그제야 정신을 차려야겠다고 생각했다.

일행은 숲으로 들어서서 잠시 강과 작별을 고하고 좀 더 높은 지대로 올라갔다. 나뭇가지 사이로 점점이 이어진 계곡과 울창한 숲이 길게 뻗어 있는 건너편의 작은 숲들과 그 사이에 가끔씩 모습을 드러내는 시냇물은 마음을 온통 빼앗아 갈 만큼 아름다운 경치를 이루고 있었다.

가디너 씨는 장원을 모두 둘러보고 싶다고 말했지만, 걸어서는 도저히 갈 수 없을 만큼 넓은 곳이었다. 정원사는 장원의 둘레가 10마일이나 된다면서 자랑스러운 미소를 지었다. 그들은 정원을 전부 둘러보는 건 포기하고 이미 나 있는 길을 따라 계속 걸어갔다. 얼마 후 그들은 울창한 숲 사이로 나 있는 내리막길에 이르렀다. 길옆으로는 폭이 좁아진 개울물이 흘러내리고 있었다. 그들은 주위 풍경과 잘 어울리는 소박하고 아담한 다리를 건너갔다. 그곳은 그들이 지금까지 들렀던 어느 곳보다 인공적으로 꾸민 흔적이 전혀 없는 자연 그대로의 아름다운 경치를 자랑하고 있었다.

계곡은 여기서부터는 협곡으로 이어져서 개울과 울창한 덤불 사이로 좁은 산책로가 나 있었다. 엘리자베스는 계곡을 구석구석 살펴보고 싶었다. 그러나 다리를 건너고 나자 워낙 잘 걷지 못하는 가디너 부인이 집에서 너무 멀리 왔다면서 더 이상 못 걷겠다고 빨리 집으로 돌아가자고 재촉했다. 엘리자베스는 그녀의 말에 따를 수밖에 없었다. 일행은 강 건너편에 있는 집으로 돌아가기 위해 지름길을 택해서 걸어갔다. 그러나 낚시를 무척 좋아하지만 평소에 별로 즐길 시간이 없었던 가디너 씨가 물속에서 이따금 모습을 드러내는 송어를 구경하면서 안내인과 송어 얘기를 하느라 걸음이 더딘 탓에 일행의 속도도 따라서 느려질 수밖에 없었다.

천천히 숲속을 걸어가고 있던 그들은 다시 한 번 깜짝 놀랐다. 엘리자베스 역시 처음 못지않게 놀랐다. 다아시가 그리 멀지 않은 거리에서 그들을 향해 다가오고 있는 모습이 보였기 때문이었다. 이 산책로는 앞이 트여 있어서 다아시와 마주치기 전에 미리 그의 모습을 볼 수 있었다. 엘리자베스는 무척 놀랐지만 침착하게 대화를 나눌 마음의 준비를 할 여유가 있었다. 산책로의 모퉁이에 그의 모습이 가려진 잠깐 동안 다아시가 다른 길로 방향을 바꿀지도 모른다는 생각이 그녀의 머릿속을 스쳐 갔다. 그러나 모퉁이를 지나자마자 그는 일행 앞에 불쑥 모습을 드러냈다. 한눈에 엘리자베스는 그가 종전과 조금도 다름없이 예의 바른 태도를 유지하고 있다는 걸 알았다. 그녀는 그의 태도에 걸맞은 예의를 차리기 위해 장원이 무척 아름답다고 칭찬했다. 그러나 '아름답다', '훌륭하다'는 표현 이상의 칭찬은 하지 않았다. 펨벌리에 대한 칭찬이 그에게 오해를 살 수도 있다는 생각이 들어서였다. 그녀는 얼굴빛이 달라진 채 더 이상 아무 말도 할 수가 없었다. 그녀가 아무 말도 하지 않고 서 있자 다아시는 뒤편에 서 있는 가디너 부인에게 일행을 소개해 달라고 정중하게 부탁했다. 이것은 그녀가 예상하지 못했던 일이었다. 다아시가 지금 소개해 달라고 부탁하는 사람들 때문에 그의 자존심이 상해서 그녀에게 청혼하는 걸 망설였다는 생각이 들자 그녀는 갑자기 웃음이 터지려는 걸 간신히 참았다.

'이분들이 누군지 알면 다아시 씨가 얼마나 놀랄까? 그는 지금 이분들을 상류층 사람들로 알고 있을 거야.'

그녀는 속으로 이렇게 생각하며 재미있어 했다.

가디너 부인은 다아시의 부탁대로 일행을 소개했다. 엘리자베스는 다아시가 그들이 자신과 어떤 관계인지 알고 나면 어떤 태도를 보일지 너무도 궁금해서 은밀한 시선으로 그를 살펴보았다. 그들이 누구라는 걸 알면 미천한 신분의 사람들과 어울리기 싫어서 서둘러 그 자리를 피할지도 모른다고 생각했다. 다아시는 그들이 엘리자베스의 친척이라는 걸 알고 적잖이 놀란 기색이었지만, 그 자리에서 도망치기는커녕 태연하게 돌아서서 가디너 씨와 대화를 나누기 시작했다. 엘리자베스는 자신의 친척들이 창피하게 여길 만한 사람들이 아니라는 걸 다아시가 알게 된 것이 기쁘고 자랑스러웠다. 그녀는 두 사람의 대화를 엿들으면서 삼촌의 지성과 고상한 취향과 교양을 드러내는 표정과 말투에 뿌듯한 자부심을 느꼈다.

그들의 화제는 곧 낚시로 옮겨졌다. 다아시는 가디너 씨에게 근처에 계시는 동안 언제든 이곳에 와서 낚시를 해도 된다며, 평소에 고기가 가장 잘 잡히는 지역을 가리키며 낚시 도구를 빌려 주겠다고 공손하게 말했다. 엘리자베스와 팔짱을 낀 채 걷고 있던 가디너 부인이 놀라는 표정으로 그녀를 쳐다보았다. 엘리자베스는 아무 말도 하지 않았지만 내심 무척 흡족해하고 있었다. 그가 엘리자베스의 친척들에게 호의를 베푸는 것은 그녀를 위한 것이 틀림없었다. 그녀는 속으로 놀라면서 생각했다.

'저 남자가 왜 저렇게 변했을까? 대체 그 원인이 뭘

까? 나 때문에 저렇게 태도가 부드러워졌을 리가 없어. 내가 헌스퍼드에서 퍼부었던 비난 때문에 저렇게 사람이 달라졌을 수는 없지. 그 사람이 아직도 나를 사랑하고 있다는 건 말도 안 되는 일이야.'

그들은 한참 동안 걸어갔다. 앞에는 두 명의 여자들이 걸어가고, 뒤에서는 두 명의 남자들이 따라가고 있었다. 강가로 내려가서 기이하게 생긴 수중 식물을 구경하고 난 뒤 일행의 구도가 약간 달라졌다. 아침에 너무 많이 걸은 탓에 피곤해진 가디너 부인이 엘리자베스의 부축만으로는 부족하다고 생각했는지 남편의 팔을 의지하기로 했다. 덕분에 다아시는 엘리자베스의 옆자리를 차지하고 함께 걸을 수 있었다.

잠시 침묵이 흐른 후에 엘리자베스가 먼저 말을 꺼냈다. 그녀는 자기가 이곳에 오기 전에 그가 집에 없는 걸 확인했고, 그가 집에 돌아온 건 전혀 뜻밖의 일이었다고 말했다.

"가정부가 내일까지는 집에 안 계실 거라고 하셨어요. 그러니까 우리가 베이크웰을 떠나기 전에 다아시 씨가 이곳으로 돌아오실 거라고는 전혀 생각하지 못했어요."

그는 원래는 그렇게 하려고 했지만 집사에게 볼일이 생겨서 같이 여행하던 사람들보다 몇 시간 일찍 돌아오게 되었다고 말했다.

"그 사람들은 내일 아침 일찍 여기로 올 겁니다. 그중에는 당신이 잘 아는 사람들도 있습니다. 빙리 씨와 그의 누이들 말입니다."

엘리자베스는 고개를 약간 숙이는 것으로 대답을 대신했다. 그녀의 생각은 두 사람 사이에 빙리의 이름이 마지막으로 오가던 때로 되돌아갔다. 그의 표정으로 짐작해 볼 때 그 역시 같은 생각을 하고 있다는 걸 알 수 있었다.

"일행 중에 특별히 당신을 무척 알고 싶어 하는 사람이 있습니다. 엘리자베스 양이 램턴에 머무시는 동안 제 동생을 소개할 수 있도록 허락해 주시겠습니까? 제가 너무 무례한 부탁을 하는 건가요?"

그런 부탁을 하는 것도 놀라웠지만 그녀가 어떻게 받아들여야 하는지가 더 어려운 문제였다. 그녀는 다아시 양이 자기를 알고 싶어 하는 건 틀림없이 오빠 때문일 거라고 생각했다. 그런 생각을 하자 뿌듯한 기분이 들었다. 다아시가 자기에 대해 화를 내고 있지 않다는 걸 확인한 것만으로도 무척 만족스러웠다. 그들은 이제 각자 깊은 생각에 빠져서 아무 말도 없이 걷고 있었다. 엘리자베스는 마음이 편한 건 아니었지만 아까보다는 기분이 훨씬 나아져 있었다. 어쩐지 우쭐한 기분마저 들었다. 자기 동생을 소개시켜 주고 싶다는 건 그녀에게 최고의 찬사나 다름없었다.

두 사람은 곧 다른 일행보다 앞서게 되었다. 마차가 있는 곳에 도착했을 때 가디너 씨 부부는 200미터나 뒤처져 있었다. 다아시는 엘리자베스에게 집으로 들어갈 것을 권유했지만, 그녀는 별로 피곤하지 않다고 하면서 사양했다. 두 사람은 일행이 올 때까지 함께 잔디 위에서 있었다. 이런 상황에서는 말을 많이 하는 편이 훨씬 자연스러울 것 같았다. 침묵을 지키고 있자니 어색하고 불편하기 짝이 없었다. 그녀는 무슨 얘기라도 하고 싶었지만, 모든 화제가 마치 금지령이라도 내려진 것처럼 꺼내기 불가능하게 느껴졌다. 그녀는 자기가 여행 중이었다는 걸 생각해 냈고, 두 사람은 매틀록과 도브데일에 관해 간신히 대화를 이어 갔다. 시간과 외숙모는 동작이 더뎠다. 엘리자베스의 인내심과 화제가 거의 바닥을 드러내려고 할 때 두 사람만의 어색한 시간도 끝이 났다. 가디너 씨 부부가 나타나자 그들은 함께 집 안으로 들어갔다. 음료수라도 들면서 쉬어 가라는 권유를 완곡하게 거절하고 그들은 극도의 예의를 갖춰서 작별했다. 다아시는 숙녀들이 마차에 올라타는 걸 도와주었고 엘리자베스는 마차를 타고 떠나면서 집을 향해 천천히 걸어가는 그의 모습을 지켜보았다. 그는 마차가 떠나자 무슨 생각에라도 잠긴 것처럼 고개를 숙이고 집을 향해 천천히 걸어가고 있었다.

외삼촌 부부는 다아시 씨에게 받은 인상을 엘리자베스에게 얘기했다. 그들은 모두 다아시 씨가 생각했던 것보다 훨씬 더 훌륭한 사람이라고 칭찬했다.

"정말 예절 바르고 겸손한 청년이더구나."

외삼촌이 말했다.

"어딘지 상대방을 압도하는 분위기가 있긴 하지만 그건 타고난 성품인 것 같았어. 그런 태도가 그 사람에겐 전혀 어색하지 않더구나. 가정부도 그렇게 말하지 않았니? 그를 거만하다고 하는 사람도 있긴 하지만 자기는 한 번도 그런 모습을 보지 못했다고 말이다."

"난 우리를 대하는 그의 태도를 보고 정말 놀랐어. 공손하기 이를 데 없더구나. 얼마나 사려 깊고 예의 바르던지 난 감동했단다. 그렇게까지 신경을 써 줄 이유는 없었잖니? 엘리자베스하고 그렇게 잘 아는 사이도 아니라면서."

"리지야, 그 사람이 위컴 씨만큼 잘생기지 않았다는 건 확실하다. 분명히 위컴 씨처럼 미남은 아니야. 하지만 이목구비는 번듯하던걸. 넌 왜 그 사람이 그렇게 마음에 들지 않는다고 했니?"

엘리자베스는 당황해서 생각나는 대로 해명했다. 다아시 씨를 켄트에서 만났을 때는 이전보다 더 좋게 생각했고 오늘 아침에 만났을 때는 지금까지 본 중에서 가장 마음에 들었다고 했다.

"다아시 씨가 변덕스럽게 행동하는 건지도 모르지."

외삼촌이 대답했다.

"지체 높은 사람들은 흔히 그렇단다. 난 그의 말을 곧이곧대로 받아들이진 않는다. 언제 마음이 변해서 자기 땅에서 나가라고 할지 모르니까 말이다."

엘리자베스는 외삼촌 부부가 다아시의 성격을 완전히 잘못 알고 있다고 생각했지만, 그런 생각을 입 밖에 내지는 않았다.

"오늘 그 사람을 본 걸로는 불쌍한 위컴 씨한테 했던 짓을 할 사람 같지는 않았어. 본성이 악한 사람의 얼굴은 절대 아니야. 오히려 그 남자가 말할 때 입 모양이 웃는 상이라서 보기 좋더구나. 위엄이랄지 기품이 있는 용모라서 그렇게 나쁜 마음을 품을 사람은 아닌 것 같았어. 집을 안내해 주던 부인이 지나치게 자기 집주인을 칭찬할 때는 웃음이 터질 것 같아서 간신히 참았단다. 어쨌든 그 사람이 관대한 주인인 건 분명해. 하인들에게 관대하다는 말 속에 모든 미덕이 포함된 거 아니겠니?"

엘리자베스는 이 부분에서 위컴에 대한 다아시의 행동을 변호해야 할 것 같았다. 그녀는 조심스럽게 켄트에서 그의 친척에게 들은 얘기로는 그의 행동을 완전히 다른 면으로 볼 수도 있고, 하트퍼드셔에서 생각했던 것처럼 다아시 씨가 그렇게 나쁜 사람도 아니며, 위컴 씨가 정말 좋은 사람도 아니라고 말했다. 엘리자베스는 자신의 말을 구체적으로 증명하기 위해서 그냥 믿을 만한 사람에게서 들은 얘기라고 했다. 누구에게 들은 얘기인지는 정확하게 밝힐 수 없었지만, 두 사람 사이에 있었던 금전적인 거래에 관해서 자세하게 설명해 주었다.

가디너 부인은 그녀의 말을 듣고 놀랍고 걱정스러워했다. 그러나 예전에 자신이 살던 곳이 가까워지자 옛날 추억에 빠져서 남편에게 이곳저곳을 가리키며 마음이 들떠 있는 탓에 다른 일을 생각할 겨를이 없는 것 같았다. 부인은 식사를 마치자마자 낮에 많이 걸어서 무척 피곤해하면서도 옛날 친구들을 찾아 나섰고, 오랫동안 연락이 끊어졌던 친구들을 만나 옛정을 나누면서 저녁 시간을 보냈다.

엘리자베스는 그날 있었던 일에 온통 정신이 쏠려 있어서 외숙모의 새로운 친구들에게는 전혀 관심을 쏟을 수 없었다. 그녀는 다아시의 친절한 태도와 무엇보다 자기 여동생을 소개해 주고 싶어 하던 마음을 생각하고 또 생각하며 그의 진심을 파악하는 데 몰두했다.

2

엘리자베스는 다아시가 펨벌리에 동생이 도착한 다음 날 그녀를 데리고 올 거라고 생각해서 그날 아침나절에는 여관에서 나가지 않아야겠다고 마음먹었다. 그러나 그녀의 예상은 빗나갔다. 그들이 램턴에 돌아온 바로 다음 날 낮에 방문객들이 찾아왔다. 엘리자베스 일행이 새 친구들과 함께 근처를 거닐다가 저녁 식사를 하기 전 옷을 갈아입으려고 막 여관에 돌아왔을 때였다. 마차 소리가 나서 창문으로 내다보았더니 신사 한 명과 숙녀 한 명을 태운 이륜마차가 여관으로 다가오고 있었다. 엘리자베스는 하인이 입은 옷을 보고 누가 오고 있는지 금방 알아차렸다. 그녀는 곧 친척들에게 이

놀라운 사실을 알렸고, 그들은 예상했던 대로 영광스러운 일이라며 기뻐했다. 외삼촌 부부 역시 놀라워하면서 엘리자베스의 당황스러운 태도와 전날 있었던 일들을 종합적으로 생각하며 이 일을 새로운 시각에서 보는 것 같았다. 다아시 씨처럼 지체 높은 사람이 그들에게 이런 친절을 베푸는 것은 조카딸에 대한 관심 때문이라고밖에는 달리 설명할 길이 없었다. 그들이 머릿속으로 여러 가지 추측을 하고 있는 동안 엘리자베스는 안절부절못하고 있었다. 그녀는 자신이 그렇게 당황하는 데 스스로 놀랐다. 다아시가 자신에 대한 애정 때문에 동생에게 자기를 너무 좋게 얘기했을지도 모른다는 걱정이 앞섰다. 그리고 자신이 다아시 양의 마음에 들기 위해 조심하다가 오히려 일을 그르칠 수도 있다고 생각했다.

엘리자베스는 다아시 남매가 자신의 모습을 볼지도 모른다는 생각이 들어서 창문에서 물러섰다. 마음을 진정하려고 방 안을 서성이다가 외삼촌 내외의 호기심 가득한 얼굴을 보자 더욱 긴장이 되고 가슴이 떨려 왔다.

다아시 양과 그녀의 오빠가 등장했고, 긴장되는 소개의 순간이 되었다. 다아시 양은 엘리자베스 못지않게 당황스러워 어쩔 줄 몰라 했다. 엘리자베스는 그런 다아시 양을 보고 적이 놀라지 않을 수 없었다. 램턴에 온 이후 엘리자베스는 다아시 양이 오만하고 거만하다고 들었다. 그러나 몇 분간 그녀의 태도를 살펴보고 난 후 다아시 양이 무척 수줍어하고 겸손한 아가씨라는 걸 알 수 있었다. 그녀에게서 한마디 이상의 말을 듣기조차 힘들었다.

다아시 양은 키가 큰 편이었고 몸집도 엘리자베스보다 더 컸다. 아직 열여섯 살밖에 안 되는데도 균형이 잡힌 몸매에 여성스럽고 우아한 용모를 지니고 있었다. 그녀는 오빠만큼 인물이 좋지는 않았지만, 얼굴에 교양미와 온화한 성품이 드러나 보였다. 몸가짐도 겸손하고 얌전해서 오빠처럼 날카롭고 냉정한 성격을 가졌을 거라는 엘리자베스의 생각과는 전혀 다른 사람이라는 걸 알 수 있었다. 엘리자베스는 다아시 양의 성품이 생각과는 다르다는 걸 알고 한결 마음이 놓였다.

그들이 인사를 나누고 얼마 지나지 않아서 다아시가 빙리도 그녀를 만나러 올 거라고 알려 주었다. 그녀가 반가움을 표현하고 새 방문자를 맞이할 마음의 준비를 하기도 전에 빙리가 빠른 걸음으로 계단을 올라오는 소리가 들렸다. 그러고 나서 곧 그가 방으로 들어섰다. 빙리에 대한 엘리자베스의 원망과 분노는 이미 오래전에 사라지고 없었다. 얼마간 불쾌한 감정이 남아 있었다고 하더라도 그의 상냥하고 유쾌한 태도를 보는 순간 모두 눈 녹듯이 사라졌을 것이었다. 그는 언제나 그랬던 것처럼 다정하게 가족들의 안부를 묻고 나서 밝고 쾌활하게 대화를 나누기 시작했다.

가디너 씨 부부 역시 엘리자베스 못지않게 빙리에게 관심이 많았다. 빙리는 오래전부터 가디너 부부가 만나고 싶어 했던 사람이었다. 빙리뿐 아니라 그들 앞에 있는 사람들 모두에게 호기심과 관심이 많았다. 그들은 다아시와 조카가 어떤 사이인지 궁금해서 예리한 눈초리로 두 사람의 언행을 주시하고 있었다. 이런 탐색전을 펼친 결과 두 사람 중 하나는 사랑의 감정을 가지고 있다는 결론에 도달했다. 엘리자베스가 다아시에게 연모의 감정을 가지고 있는지는 아직 확인할 수 없었지만, 다아시의 마음속에 엘리자베스를 사모하는 감정이 넘친다는 건 분명해 보였다.

엘리자베스도 확인해야 할 일이 많았다. 그녀는 방문한 사람들의 감정을 파악해야 했고, 마음을 차분하게 가라앉히고 모두의 마음에 들도록 행동해야 한다고 생각했다. 그러나 이런 목적을 이루지 못할까 봐 걱정했던 두려움은 성공했다는 안도감으로 바뀌었다. 그녀가 마음을 얻고 싶었던 사람들이 모두 자신에게 호감을 품고 있다는 걸 확인할 수 있었다. 빙리는 이번 방문을 매우 기뻐하는 것 같았고, 조지애나도 무척 즐거워하는 표정이었으며, 다아시 역시 오늘은 유난히 기분 좋은 모습이었다.

빙리를 보자 엘리자베스는 자연스럽게 언니를 생각하지 않을 수 없었다. 언니는 빙리가 자신과 같은 감정을 갖고 있는지 궁금해서 애를 태우고 있었다. 엘리자베스는 빙리가 예전보다 말수가 적어졌다고 생각했다. 그리고 자기를 보면서 언니의 모습을 그리고 있다고 느꼈다. 빙리가 다아시 양을 대하는 태도를 볼 때, 그녀가 제인의 연적이라는 생각은 터무니없는 오해가 분명했다. 두 사람은 서로 특별한 감정을 갖고 있지 않는 게 확실해 보였다. 두 사람 사이에는 빙리의 동생의 바람을 이뤄 줄 만한 어떤 일도 일어나지 않았다. 엘리자베스는 이 문제에 관해서는 마음을 놓아도 된다고 생각했다. 자신의 간절한 희망에서 나온 생각인지 몰라도, 빙리의 입에서 제인에 대한 애정이 깃든 추억담이 얼핏 흘러나오는 것 같기도 했다. 제인에 대한 얘기가 나오자 빙리의 애틋한 감정이 얼굴에 떠오르는 것처럼 보였다. 다른 사람들이 대화를 나누고 있는 틈을 타서 빙리는 엘리자베스에게 제인의 얘기를 듣고 싶어 하는 것처럼 애절한 표정으로 말했다.

"제인 양을 만나는 기쁨을 맛본 지 정말 오래되었군요."

그리고 그녀가 대답하기도 전에 덧붙였다.

"벌써 여덟 달이 넘었어요. 11월 26일에 네더필드에서 함께 춤을 춘 이후로 한 번도 만나지 못했으니까요."

엘리자베스는 빙리가 언니와 만났던 날짜를 정확하게 기억하고 있다는 걸 알고 속으로 무척 기뻤다. 그는 다른 사람들이 듣지 못하게 그녀의 자매들이 모두 롱본에 있는지 물었다. 이런 질문은 특별하게 생각하지 않을 수도 있는 일이었지만, 빙리의 표정이나 태도에는 분명 제인에 대한 애정이 깃들어 있었다.

엘리자베스는 다아시에게 자주 눈길을 돌릴 수는 없었지만, 그를 쳐다볼 기회가 있을 때마다 그의 온화한 표정을 확인했다. 그의 말이나 태도에는 거만하거나 다른 사람을 경멸하는 느낌은 전혀 찾아볼 수 없었다. 엘리자베스는 어제 목격했던 다아시의 달라진 태도가 일시적인 것이라고 해도 적어도 하루는 지속되었다는 걸 확인했다.

다아시는 몇 달 전만 해도 관계를 맺는 것조차 수치스럽게 여겼던 사람들과 친해지고 그들의 환심을 얻기 위해 노력하고 있었다. 그녀에게나 자신이 노골적으로 경멸했던 그녀의 친척들에게 예의를 갖춰 정중하게 대했다. 헌스퍼드 목사관에서 두 사람이 벌였던 격렬한 논쟁을 되돌아볼 때 다아시의 완전히 달라진 모습에 엘리자베스는 놀라움과 충격을 느끼지 않을 수 없었다. 네더필드에서도 다아시가 오만한 태도나 과묵한 행동을 보이지 않고 친구들이나 로징스의 지체 높은 친척들과 즐겁게 어울리는 모습을 본 적이 없었다. 그들은 다아시가 환심을 살 만한 대단한 지위나 명예를 가진 사람들이 아니었고, 친해진다고 해도 네더필드와 로징스의 숙녀들에게 조롱과 비난을 받을 게 빤한 사람들이었다.

손님들이 30분 정도 머물다가 떠나기 위해 일어섰을 때, 다아시는 누이동생에게 가디너 씨 부부와 베넷 양이 이곳을 떠나기 전에 펨벌리에 저녁 식사 초대를 하는 게 어떠냐고 제안했다. 다아시 양은 사람들을 초대하는 일에 익숙지 않은지 수줍어하면서도 오빠의 의견에 선선히 동의했다. 가디너 부인은 이 초대의 장본인인 조카딸이 어떻게 초대를 받아들일지 궁금해서 그녀를 쳐다보았지만, 엘리자베스는 일부러 고개를 다른 곳으로 돌렸다. 그녀가 의식적으로 대답을 피한 것은 그런 제안이 마음에 들지 않아서가 아니라 순간적으로 당황한 탓이라고 생각했다. 가디너 부인은 사람들과 어울리기 좋아하는 남편이 선뜻 초대에 응할 거라고 생각해서 참석하겠다고 약속했다. 방문 날짜는 이틀 후로 정해졌다.

빙리는 엘리자베스를 다시 만날 수 있게 된 걸 무척 기뻐했다. 아직 그녀에게 할 말이 많고, 하트퍼드셔에 있는 친구들에 대해서도 물어볼 게 많다고 했다. 그녀는 이 말을 언니에 대한 얘기를 듣고 싶다는 말로 해석하고 내심 기뻤다.

빙리가 언니에게 관심이 있다는 걸 확인할 수 있어서 뿌듯한 기분으로 손님들이 찾아왔던 30분 동안을 다시 되돌아볼 수 있었다. 물론 그 이외에도 그녀가 흐뭇해 할 다른 이유가 없는 것은 아니었다. 그들과 함께 있는 동안은 너무 당황하고 긴장해서 즐거운 기분을 느낄 여유가 없었다. 그녀는 외삼촌 부부가 빙리 씨를 칭찬하는 말을 끝내자마자 자신의 속마음을 떠볼까 봐 걱정스러워서 옷을 갈아입겠다는 핑계를 대고 그 자리를 피했다.

그러나 가디너 씨 부부의 호기심에 대해 걱정할 필요는 없었다. 그들은 억지로 엘리자베스의 고백을 받아낼 생각은 없었다. 엘리자베스가 자신들이 생각했던 것보다 다아시를 잘 알고 있는 것이 분명했고, 다아시가 엘리자베스를 많이 사랑하고 있다는 것도 확실했다. 물어보고 싶은 게 한두 가지가 아니긴 했지만 지금으로서는 캐묻지 않은 편이 현명하다고 생각했다.

두 사람 모두 당연히 다아시에 대해 호감을 갖게 되었다. 알면 알수록 흠잡을 데가 없는 청년이었다. 그의 공손한 태도는 두 사람의 마음을 움직였다. 직접 다아시를 만나서 받은 인상과 그의 하인이 했던 칭찬을 그대로 전달하면 하트퍼드셔 사람들은 그 사람이 다아시라고는 절대 믿으려 들지 않을 것이었다. 가정부의 말을 절대적으로 신뢰할 수는 없지만, 다아시가 네 살 때부터 곁에서 그를 지켜본 가정부의 증언을 섣불리 무시할 수는 없는 일이었다. 더구나 가정부의 예의 바르게 행동하는 모습은 그녀를 신뢰할 만한 사람으로 느끼게 했다. 램턴에 있는 친구들에게서도 다아시의 인격을 깎아내릴 만한 말은 들을 수 없었다. 친구들은 다아시가 오만하다는 것 이외에는 비난할 만한 점이 전혀 없는 사람이라고 말했다. 다아시가 오만하다는 말은 사실일지 모르지만, 이런 비난은 그의 가족들이 방문한 적 없는 작은 시골 마을 사람들에게서 나온 얘기가 분명했다. 그러나 모두들 다아시가 관대한 사람이고 가난한 사람들을 위해 많은 선행을 베풀었다는 사실은 인정하고 있었다.

위컴에 관해서는 평판이 좋지 못하다는 사실이 곧 밝혀졌다. 위컴과 그의 후원자의 아들 사이에 있었던 일의 전모는 잘 알 수 없지만, 위컴이 더비셔를 떠나면서 많은 빚을 남겼고, 이 빚을 나중에 다아시가 청산해 주었다는 건 널리 알려진 사실이었다.

엘리자베스는 어젯밤보다 더 골똘히 펨벌리 생각에 사로잡혀 있었다. 시간이 무척 느리게 흘러가는 것처럼 느껴지면서도, 저택에 있는 한 사람에 대한 자신의 감정을 정리하기에는 너무 짧은 시간이었다. 그녀는 꼬박 두 시간 동안 자신의 감정을 분석하고 결론을 짓느라 잠을 이루지 못하고 있었다. 자신이 다아시를 미워하고 있지 않다는 것만은 분명한 사실이었다. 증오의 감정은 이미 사라진 지 오래였다. 다아시에 대해 그런 감정을 품고 있었다는 것조차 부끄러운 일이라고 생각했다. 그의 장점을 확인하면서 그에 대해 존경하는 마음을 갖게 되었고, 처음에는 그런 감정을 인정한다는 것이 거북하게 느껴졌지만, 그의 성품이 따뜻하다는 사람들의 증언을 듣고 난 이후로는 그를 높이 평가하고 이전보다 훨씬 호감을 갖게 된 것은 부인할 수 없었다.

다아시에 대한 그녀의 감정에는 존경심을 넘어선, 결코 가볍게 여길 수 없는 또 다른 동기가 있었다. 그것은 한때 그녀를 사랑했고, 자신의 교만하고 신랄한 태도와 부당한 비난을 용서할 만큼 아직도 그녀를 사랑하고 있는 다아시에 대해 진심으로 감사하는 마음이었다. 엘리자베스는 다아시가 자신을 적대적으로 생각하고 있을 거라고 믿었다. 그러나 우연한 해후를 통해서 다아시가 자신과 관계를 지속하기를 원한다는 걸 알았고, 남들의 눈에 거슬리지 않도록 친절과 배려를 아끼지 않는 모습을 보았고, 자신의 친척들에게 호감을 주려고 노력하는 모습과 누이동생에게 자기를 소개시켜 주는 배려까지 직접 목격했다. 그토록 자존심이 강한 다아시가 이렇게 달라진 모습을 보고 엘리자베스는 놀라움과 고마움의 감정을 느끼지 않을 수 없었다. 그가 변한 것은 자신에 대한 애정 때문이었다. 자신을 향한 진실하고 뜨거운 애정이 그를 변화시킬 수 있었다. 엘리자베스는 뭐라고 규정하기 힘들지만 가슴이 따뜻해지는 것 같은 야릇한 기쁨을 느꼈다. 그것은 그녀의 용기를 북돋워 주는 벅찬 감정이었다.

엘리자베스는 다아시를 존경하고 높이 평가하고 고맙게 여겼다. 그리고 그가 잘되고 행복하기를 바랐다. 그러나 그녀가 진심으로 알고 싶은 것은 그의 행복이 자신에게 달려 있다는 걸 스스로 얼마나 원하고 있는가 하는 점이었다. 만일 그가 다시 자신에게 청혼하게 할 수 있는 힘이 아직 자신에게 있다면, 그 힘을 사용하는 것이 두 사람의 행복을 위해 얼마나 도움이 되는 일인지 알고 싶었다.

그날 저녁 외숙모와 조카딸은 다음 날 아침 펨벌리를 방문하기로 결정했다. 다아시 양이 펨벌리에 도착해서 아침 식사를 하자마자 그들을 방문한 것은 굉장한 경의를 표시한 것인 만큼, 이쪽에서도 그런 예의를 따라갈 수는 없지만 흉내라도 내는 게 옳은 일이라고 했다. 그리고 다음 날 아침 펨벌리로 그녀를 방문하는 것이 가장 좋은 답례라는 데 모두의 의견이 모아졌다.

엘리자베스는 누군가 기뻐하는 이유를 자신에게 물어본다면 대답할 말이 없다고 생각하면서도 어쨌든 무척 즐겁고 기뻤다. 가디너 씨는 아침 식사를 한 후 곧 출발했다. 그 전날 낚시 계획이 변경되어서 정오 이전에 펨벌리에서 몇 명의 신사들과 만나기로 약속했기 때문이었다.

〈3권에 계속〉

더스토리 초판본 시리즈 미니북

1 **노인과 바다** | 어니스트 헤밍웨이
1953년 퓰리처상 수상작 / 1954년 노벨 문학상 수상
미국대학위원회 선정 SAT 추천도서

2 **동물 농장** | 조지 오웰
미국대학위원회 선정 SAT 추천도서 / 〈타임〉 선정 현대 100대 영문소설
한국 문인이 선호하는 세계명작소설 100선 / 서울시 교육청 추천도서
논술 및 수능에 출제된 책(1998~2005)

3 **어린 왕자** | 앙투안 드 생텍쥐페리
전 세계 1억 부 이상 판매 기록 / 16개국 언어로 번역

4 **젊은 베르테르의 슬픔** | 요한 볼프강 폰 괴테
세기의 철학가와 문인들의 찬사를 받은 대표작

5 **이방인** | 알베르 카뮈
노벨 연구소 선정 최고의 세계문학 100선 / 1957년 노벨 문학상 수상작
대한민국 명사 101인의 대표 추천작 / 연세대학교 필독도서
미국대학위원회 선정 SAT 추천도서 / 〈타임〉 선정 세상을 움직인 책 100권

6 **위대한 개츠비** | 프랜시스 스콧 피츠제럴드
〈타임〉 선정 현대 100대 영문소설 / 어니스트 헤밍웨이가 인정한 완벽한 일급 작품
20세기 100대 영문소설 1위 / 미국대학위원회 선정 SAT 추천도서

7 **이상한 나라의 앨리스** | 루이스 캐럴
난센스와 판타지의 대표작 / 아카데미 '미술상' 수상한 영화의 원작
19세기 가장 유명한 영국 아동문학 작가

8 **거울나라의 앨리스** | 루이스 캐럴
난센스와 판타지의 대표작 《이상한 나라의 앨리스》 속편
거울 속으로 떠난 앨리스의 두 번째 모험 이야기

9 데미안 | 헤르만 헤세
1946년 노벨 문학상 수상 작가 / 20세기 일대 센세이션을 일으킨 성장 소설의 고전
서울시 교육청 추천도서

10 수레바퀴 아래서 | 헤르만 헤세
대한민국 명사 101인의 대표 추천작
헤르만 헤세의 사춘기 시절 경험을 바탕으로 한 자전적 소설
1946년 노벨 문학상 / 국립중앙도서관 선정 청소년 권장도서

11 싯다르타 | 헤르만 헤세
대한민국 대표 시인 장석남이 강력 추천한 작품
출간과 동시에 10만 부가 넘게 판매된 역작
진정한 자아를 깨닫기 위해 고뇌하던 헤르만 헤세의 자전 소설

12 크눌프 | 헤르만 헤세
1946년 노벨문학상 수상 작가
8년에 걸쳐 완성된 '젊은 헤세'의 치열한 삶이 엿보이는 작품

13 청춘은 아름다워 | 헤르만 헤세
1946년 노벨문학상 수상 작가 / 헤르만 헤세가 추억하는 서툰 사랑의 이야기

14 햄릿 | 윌리엄 셰익스피어
대한민국 명사 101인의 대표 추천작 / 서울대학교 권장도서 100선
서울대학교 동서고전 200선 / 연세대학교 필독도서
미국대학위원회 선정 SAT 추천도서 / 국립중앙도서관 선정 청소년 권장도서

15 리어 왕 | 윌리엄 셰익스피어
대한민국 명사 101인의 대표 추천작 / 서울대학교 권장도서 100선

16 맥베스 | 윌리엄 셰익스피어
서울대학교 권장도서 100선 / 연세대학교 필독도서
미국대학위원회 선정 SAT 추천도서 / 국립중앙도서관 선정 청소년 권장도서

17 오셀로 | 윌리엄 셰익스피어
〈뉴스위크〉 선정 100대 명저 / 서울대학교 권장도서 100선

18 로미오와 줄리엣 | 윌리엄 셰익스피어
서울대학교 동서고전 200선 / 칼리지보드 선정 고교생 필독서 101권

19 20 21 피터 래빗 이야기 1 ~ 3 | 베아트릭스 포터
세상에서 가장 사랑받는 토끼 이야기 / 자연 보호와 동물 존중 사상이 담긴 작품

22 예언자 | 칼릴 지브란
법정 스님이 마지막까지 머리맡에 남겨둔 책

23 야간 비행 | 앙투안 드 생텍쥐페리
1931년 페미나 문학상 수상 / 작가의 경험이 들어간 직업 소설

24 하늘과 바람과 별과 시(1955년 표지디자인) | 윤동주
요절한 천재 민족 시인의 유고시집 / 대중성과 문학성을 겸비한 시인 김경주 추천작

25 정글북 | 러디어드 키플링
영미권 작품 최초, 최연소 노벨 문학상 수상작 / 정글의 생명력을 담은 자연친화적 작품
작가의 아버지 존 록우드 키플링이 직접 그린 삽화 및 기타 삽화가들 그림 삽입

26 오즈의 마법사 1 – 오즈의 위대한 마법사 | 라이먼 프랭크 바움
미국대학위원회 선정 SAT 추천도서 / 연세대학교 필독도서
국립중앙도서관 선정 우수 번역서

27 오즈의 마법사 2 – 환상의 나라 오즈 | 라이먼 프랭크 바움
미국대학위원회 선정 SAT 추천도서 / 국립중앙도서관 선정 우수 번역서

28 오즈의 마법사 3 – 오즈의 오즈마 공주 | 라이먼 프랭크 바움
미국대학위원회 선정 SAT 추천도서 / 국립중앙도서관 선정 우수 번역서

29 인간 실격 | 다자이 오사무
교육과학기술부 산하 사단법인 한국교육지원회 선정 아침독서 10분 운동 필독서

30 변신(카프카 단편선) | 프란츠 카프카
소외된 인간이었던 작가의 갈등과 고독을 반영 / 서울대학교 추천도서 100선
명사 101명이 추천한 파워클래식

31 자기만의 방 | 버지니아 울프
20세기 페미니즘 비평의 선구자 버지니아 울프의 수필집
국립중앙도서관 선정 권장도서 / 서강대학교 권장도서 100선

32 크리스마스 캐럴 | 찰스 디킨스
셰익스피어와 함께 영국을 대표하는 작가 찰스 디킨스의 중편소설
'책으로 따뜻한 세상 만드는 교사들(책따세)' 권장도서

33 지킬 박사와 하이드 | 로버트 루이스 스티븐슨
2004 한국 문인들이 선호하는 세계명작소설 100선
브로드웨이 뮤지컬 역사상 가장 아름다운 스릴러 〈지킬 앤 하이드〉 원작

34 셜록 홈즈 1 – 주홍색 연구 | 아서 코난 도일
영국 BBC 제작, KBS 방영 〈셜록 홈즈〉의 원작
대한민국 대표 추리 소설가 백휴의 작품 해설 수록

35 셜록 홈즈 2 – 네 개의 서명 | 아서 코난 도일
영국 BBC 제작, KBS 방영 〈셜록 홈즈〉의 원작
대한민국 대표 추리 소설가 백휴의 작품 해설 수록

36 셜록 홈즈 3 – 배스커빌 가의 개 | 아서 코난 도일
영국 BBC 제작, KBS 방영 〈셜록 홈즈〉의 원작
대한민국 대표 추리 소설가 백휴의 작품 해설 수록

37 셜록 홈즈 4 – 공포의 계곡 | 아서 코난 도일
영국 BBC 제작, KBS 방영 〈셜록 홈즈〉의 원작
대한민국 대표 추리 소설가 백휴의 작품 해설 수록

38 피노키오 | 카를로 콜로디
월트 디즈니 인생 최고의 애니메이션으로 재탄생 / 260개 언어로 번역된 교훈적 내용
스티븐 스필버그 감독의 2001년작 〈A.I.〉의 모티브

39 40 41 오만과 편견 1 ~ 3 | 제인 오스틴
서울대학교 동서고전 200선 / 연세대학교 필독도서 / 세인트존스대학교 권장도서
〈텔레그라프〉 완벽한 도서관을 위한 권장도서 100 / 〈가디언〉 권장도서
미국대학위원회 선정 SAT 추천도서 / 국립중앙도서관 선정 청소년 권장도서

42 키다리 아저씨 | 진 웹스터
출간 이래 100년 동안 사랑받아 온 스테디셀러
세상의 편견을 뛰어넘은 편지 형식 소설의 대명사

43 44 그리스인 조르바 1 ~ 2 | 니코스 카잔차키스

미국대학위원회 선정 SAT 추천도서 / 한국간행물윤리위원회 선정 권장도서
한국출판인회의 출판인이 선정한 100권의 도서

45 46 월든 1 ~ 2 | 헨리 데이비드소로

미국대학위원회 고교추천도서 101 / 미국대학위원회 선정 SAT 추천도서

47 48 1984 1 ~ 2 | 조지 오웰

〈타임〉 선정 세상을 움직인 책 100권 / 세계 3대 디스토피아 미래 소설
〈가디언〉 권장도서 / 〈텔레그라프〉 완벽한 도서관을 위한 권장 도서 100
뉴욕 공립도서관 추천도서 / 하버드 대학생이 가장 많이 산 책 1위

49 50 오페라의 유령 1 ~ 2 | 가스통 르루

대한민국 명사 101인의 대표 추천작 / 서울대학교 권장도서 100선
연세대학교 필독도서 / 미국대학위원회 선정 SAT 추천도서 / 〈가디언〉 권장도서

• 더스토리 초판본 미니북 시리즈는 계속 출간될 예정입니다.

옮긴이 **김유미**

서강대학교 영어영문학과를 졸업하고 '글밥 아카데미'를 수료했다. 현재 바른 번역 소속 번역가로 일하고 있다. 번역서로 《행복한 라디오》《프로작네이션》《위대한 몽상가》 등이 있다.

오만과 편견 2 : 1894년 초판본 표지디자인

초판 1쇄 펴낸 날 2023년 10월 10일

지은이 제인 오스틴
옮긴이 김유미
펴낸이 장영재
펴낸곳 (주)미르북컴퍼니
자회사 더스토리

전 화 02)3141-4421
팩 스 0505-333-4428

등 록 2012년 3월 16일(제 313-2012-81호)

주 소 서울시 마포구 성미산로32길 12, 2층 (우 03983)
E-mail sanhonjinju@naver.com
카 페 cafe.naver.com/mirbookcompany
S N S instagram.com/mirbooks